Tranças de meninas

João Anzanello Carrascoza

Tranças de meninas

Contos

ALFAGUARA

Copyright © 2025 by João Anzanello Carrascoza

Grafia atualizada segundo o Acordo Ortográfico da Língua Portuguesa de 1990, que entrou em vigor no Brasil em 2009.

Capa
Elisa von Randow

Foto de capa
Bordadeira, 2021, de Sandra Jávera. Bordado sobre tecido de linho, 43 × 31 cm.

Preparação
Silvia Massimini Felix

Revisão
Luís Eduardo Gonçalves
Angela das Neves

Os personagens e as situações desta obra são reais apenas no universo da ficção; não se referem a pessoas e fatos concretos, e não emitem opinião sobre eles.

Dados Internacionais de Catalogação na Publicação (CIP)
(Câmara Brasileira do Livro, SP, Brasil)

Carrascoza, João Anzanello
Tranças de meninas : Contos / João Anzanello Carrascoza. — 1ª ed. — Rio de Janeiro : Alfaguara, 2025.

ISBN 978-85-5652-262-7

1. Contos brasileiros I. Título.

24-228466 CDD-B869.3

Índice para catálogo sistemático:
1. Contos : Literatura brasileira B869.3
Cibele Maria Dias – Bibliotecária – CRB-8/9427

Todos os direitos desta edição reservados à
EDITORA SCHWARCZ S.A.
Praça Floriano, 19, sala 3001 — Cinelândia
20031-050 — Rio de Janeiro — RJ
Telefone: (21) 3993-7510
www.companhiadasletras.com.br
www.blogdacompanhia.com.br
facebook.com/editora.alfaguara
instagram.com/editora_alfaguara
x.com/alfaguara_br

Sumário

Uns fios

Calada, 9
Terra de gigante, 13
A volta, 19
Miragem, 25
Suposições, 29
A festa final, 39
Alevina, 47
Avestruz e unicórnio, 49
No parque, 55

Outros fios

Variáveis, 63
O peso de tudo, 71
Mulher ao portão, 77
A memória da família, 79
Nós, coisas, sabemos, 85

Bons vizinhos, 91
Prensada, 95
Hoje e hoje, 99
O que vamos falar, 103

UNS FIOS

Calada

Quando saímos de casa, meu pai, à direção do carro, disse, *A viagem vai ser longa, preparem-se*; minha mãe, ao lado dele, no banco da frente, disse, *Vamos só nós e Deus!*; e eu, no banco de trás, não disse nada. Pegamos a estrada, meu pai disse, *Ao menos o dia está feliz, com este sol logo cedo*; minha mãe emendou umas palavras ao comentário dele e disse, *As manhãs de verão costumam ser assim*; e eu, os olhos preguiçosos, observando pelo vidro um pedaço de céu lá adiante, não disse nada. A rodovia era a mesma de outras viagens, a única que passava, como uma cobra, pela nossa cidade, mas, por ser uma nova viagem, não era mais a mesma rodovia, e nem nós éramos os sábados anteriores em que havíamos percorrido seus quilômetros, nós éramos aquele sábado inédito, e, ainda assim, depois de vencido o primeiro quilômetro, meu pai, convocando aquela velha citação, disse, *A melhor viagem é sentir*; minha mãe, que, em seguida, sempre apontava o verdadeiro autor, disse, *Fernando Pessoa*, e eu, embora não sendo mais quem eu era, eu sendo outra ocasião de pessoa, eu não disse nada. Enveredamos por uma curva e seguimos (os três) em silêncio por um pequeno trecho em que a paisagem, próxima à nossa cidade — o morro, à esquerda, em cujo cimo avultava o cruzeiro; e, à direita, o longo roçado de cana já taluda —, deixava de ser comum aos nossos olhos e se entregava à vista (também à posse) do município vizinho, e, a partir dali, a distância do lugar onde morávamos, e, sobretudo, a distância de quem éramos e de quem seríamos, começava a se fazer, a cem quilômetros por hora, e, se o pai e a mãe nada dissessem, tanto quanto eu, a distância ia se dizendo por si mesma. Um pouco à frente, meu pai, sem se conter, disse, *Se continuar assim, chegaremos para o almoço*; minha mãe, meneando a cabeça, disse, *Pois é, a estrada está deserta até aqui*; e eu, vendo um caminhão lá adiante, não disse nada. E, conforme a viagem se fazia, com os avanços do nosso carro pelos trechos vindouros da rodovia, que, então, percorridos, se tornavam extensões do passado, as conversas iam e vinham, do pai para a mãe, diferentes do nosso caminho, que era só de ir, voltar estava (ainda) fora de nós, nem para observar o que já ficara para trás, o horizonte no minuto anterior, nem para pensar no instante que ia se desfazendo na memória, a cada metro de acostamento que, pela visão lateral, percebíamos aparecer e desaparecer velozmente. Atento à estrada, à vegetação circundante, meu pai desacelerou; quando uma finca de laranjeiras em flor surgiu, minha mãe abriu o vidro e disse, *Adoro esse cheiro*; e meu pai disse, *Lembra da sua grinalda de noiva?*; e minha mãe, sorrindo, disse, *Claro, era de flor de laranjeira*; e eu, eu imaginei os dois casando na igrejinha da nossa cidade, eu imaginei os dois já me engendrando em sonho, e não disse nada. Minha mãe, querendo me inserir no diálogo, disse, *Filha, está sentindo o perfume?*; e meu pai, emendando, disse, *Não é gostoso?*; e eu não disse nada, apenas movi a cabeça afirmativamente, enquanto a fileira de laranjeiras, que ia sumindo lá atrás, dizia, *Laranjeiras, laranjeiras, laranjeiras*, e um vale, que já avultava do lado esquerdo, dizia, *Vale*, e o horizonte na linha dos meus olhos dizia, na sua muda linguagem, a se espichar, *Ho-ri-zon-te*. Assim seguimos por uma área extensa de pastagem, sucedida por uma reserva de eucaliptos, e, depois, por um comprido corredor ladeado de campos de arroz, sobre os quais o sol se aderia, como uma película de ouro. Mais à frente, a rodovia se estendeu por um relevo irregular, de altos e baixos, e, para enfrentar uma subida mais acentuada, meu pai aumentou a velocidade e, foi aí, numa sílaba de tempo, que aquele boi, até então impossível de ser visto, irrompeu do acostamento em nossa direção — explodindo no vidro dianteiro do carro, que, com o choque, capotou uma, duas, três vezes, é o que eu lembro, antes de se espatifar numa árvore à margem da estrada. Saí dos destroços, arrastando-me, como quem sai de um parêntese, de uma frase com silenciador. E quando vi que meu pai e minha mãe, sangrando, atrás dos ferros retorcidos, não conseguiam dizer nada, comecei a gritar, a gritar, a gritar, pedindo (com todas as forças) socorro.

Terra de gigante

Eu gostaria que você visse, assim poderá compreender, mas não tenho como mostrar, nem levá-lo lá, no recanto dela, na manhã daquele dia, então vou tentar com as palavras. E as palavras, você sabe, nem sempre carregam a medida justa que represa a nossa experiência; as palavras, nós as inventamos para sublinhar a significância das coisas e a dimensão dos fatos; as palavras estão aí para dar sentido à vida que nos cabe, sem garantia alguma de êxito.

Conhecer é aos poucos, na pressa da lentidão. Não acontece de uma vez, mas pode, de repente em certa etapa, resultar numa descoberta grande. Como se deu comigo ao me acercar dela, aquela mulher baixinha, quase incapaz de chamar atenção e, por isso mesmo, atraente — veja, uma brasa à mão queima mais do que o sol ao longe.

Já havíamos nos encontrado algumas vezes em campo neutro, vamos dizer assim, praça, bar, restaurante, onde, veja, observando seus pequenos gestos, comecei a saber que ela era aquela mulher e mais ninguém, comecei a conhecê-la — e a gostar maior de quem ela era, porque sem conhecer só podemos gostar na superfície, e as surpresas, que engrandecem o instante comum, estão sempre no fundo. Se conhecer leva anos, esses anos se reuniram no dia em que, a convite dela, fui pela primeira vez à sua casa, em meio à zona rural, nas adjacências da cidade, e posso dizer, foi lá que eu realmente a conheci, ao menos do jeito que outros não a conhecem, ela sendo ela, me acolhendo com naturalidade, como as folhas fazem ao vento.

Quando cheguei, veja, ela já estava à minha espera, ela me recebeu com um sorriso, um sorriso que não combinava com o seu tamanho, ela me recebeu à porteira de seu sítio, tão miúdo quanto o seu corpo: e num lance de olhos, eu vi, ao centro, a casa modesta precedida pelo canteiro de flores-do-campo, nem ostensivas nem pálidas, com quantidade suficiente de vida para dar cor e graça à entrada da varandinha; do lado direito, vi o breve gramado até a cerca envolta na cortina de folhagem de um pé de maracujá; do lado esquerdo, vi a casinha do cachorro (que, depois ela me disse, morrera havia um mês), marca explícita de um amor ausente; e, ao fundo, eu vi, veja você também, a horta e uma ala de humildes laranjeiras. Naquele lance de olhos, eu vi, portanto, as margens do seu espaço, as proporções do seu refúgio, e, num relance, eu a vi, de novo, sorrindo para mim.

Entramos na casa e fomos para a pequena cozinha, de cuja janela dava para ver uma fatia da paisagem — algumas fileiras de milho, já com espigas, uma quaresmeira, o céu de um azul azulzinho. Ela nos serviu café, e eu gostei do bule que parecia feito, ou melhor, perfeito, para o feitio de sua mão, e mais ainda das xicrinhas, que nos permitiram tomar três doses, diminutas, mas quentes; se fossem maiores, o café, frio, perderia o sabor. Aliás, vi que a xicrinha dela estava mais batida, a outra menos usada, e entendi que a deixara, generosamente, para mim, o visitante. Vi também, no centro da mesa, o vaso com dois girassóis, e, olha, eu sabia que ela os pusera ali em homenagem a nós, na obviedade de uma manhã soprando as nossas vidas, igualando a respiração de um à do outro.

A fim de não me encompridar aqui, eu silencio outros detalhes da casa dela e do nosso encontro, e me detenho a dizer que, em seguida, abrimos uma conversa (como quem abre um espumante), era a exigência do momento, celebrar aquele nosso nada, e, assim, ela passou a me acariciar, primeiro com as palavras, depois com as mãos e os lábios, e eu, veja, eu retribuí, retribuí com o desejo na mesma medida — e aí enveredamos pelo quarto, onde fomos comandando os nossos movimentos rumo à pequena morte.

Da pequena morte, passamos para uma soneca a dois, quando tive a impressão de que o meu sonho entrava no dela e ela também me sonhava, a ponto de despertarmos ao mesmo tempo. Fomos juntos ao banho, e, como o boxe era exíguo e a água do chuveiro não tão abundante (uma cachoeira estava fora dos padrões para o local e a hora), nos estreitamos outra vez, e eu a vi sorrir de novo, e os seus olhos miúdos me miravam tão perto, e tão intensos eram, que pareciam capturar algo maior não propriamente em mim, mas naquele nosso estar ali, um casal entre milhões do planeta. Ela saiu primeiro do boxe e, depois, me estendeu, veja, uma toalha, do tamanho que tinha à mão, um tanto curta para enxugar o meu corpo, mas que recendia a um perfume floral.

Quando cheguei à varanda, ela me aguardava, sentada numa das cadeiras de vime, e observava a fração de céu e terra que lhe cabia daquele ponto de vista. Acomodei-me ao seu lado, e o silêncio se instalou, simultâneo entre nós, primeiro contido, e, na sequência, florescendo como uma rosa, totalmente.

Foi assim que comecei (de verdade) a conhecê-la. Naquele dia em que ela me mostrou os cantos de seu diminuto mundo; naquele dia em que ela, pequenina, fez por mim só coisa grande, viu? Só coisa grande.

A volta

Enfim, a tarde de domingo encolhia e se aproximava a hora inadiável em que o filho pegaria a estrada, de volta à outra cidade, maior, que o levara dessa, onde ela, a mãe, vivia sozinha há anos. Desejava — assim era toda vez — que ele permanecesse um pouco mais, até o fim do dia, que retornasse apenas na segunda-feira, que voltasse ao seu ventre se possível, embora soubesse que o seu querer pequeno, se comparado à extensão da realidade e às ações do mundo, era incapaz de mudar a trajetória dos fatos. O seu querer nem mesmo alteraria a rota de seu olhar em direção ao filho, preso às próprias mãos que separaram a comida do almoço para que ele levasse; o amor pedia a dissimulação, a fim de que o seu peso não exigisse nenhuma ajuda alheia para sustê-lo — o nosso gostar é que nos aumenta, não o gostar do outro por nós.

E o filho, de costas para a mãe, colocava a roupa suja na mochila, fingindo, igualmente, que se despedir era uma etapa comum e indolor de qualquer encontro, quando no fundo, conhecendo a si, percebia, apesar do sentimento vigoroso que os ligava, o vazio se refundar nele toda vez que se apartava dela. A saudade, como a luz dos postes com a iminência da noite, acendia de repente, apesar de estarem ali, juntos, em silenciosa e sólida presença.

Para amenizar a atmosfera que se ensombrecia, mais dentro deles do que lá fora — onde umas réstias do sol persistiam sobre os largos espaços, a espraiar ainda alguma claridade pelo casario da cidade, e, adiante, pelas plantações de cana-de-açúcar ao redor, que ambos podiam ver, de relance, pela janela —, continuaram se dedicando àqueles preparativos — sim, preparativos, estranha palavra para o fim de um encontro.

Ele viera no sábado à tarde para passar com ela o domingo, Dia das Mães, e, como um rebento do tempo, já estava de partida, para voltar à sua vida de filho longe daquela terra. Haviam vivido o que lhes cabia nas horas a dois, desde que ele estacionara o carro em frente da casa; e ela, à espera, pela fresta da porta, observara-o, como se ali estivesse só para lhe abrir, não o lar do passado, onde o filho crescera, mas para lhe abrir de novo — como o fizera antes pelo seu ventre — o mundo.

Agora, não lhes competiam mais os passos rumo à entrega, dados com a chegada dele, mas o início do afastamento, os lances que antecedem a despedida, a etapa final e muda de uma junção — e que, por ser junção, a certa altura, tem de se desfazer. Cientes de seus papéis, para além de seus afetos mútuos, foram terminando os seus afazeres — ela fechou os potes de arroz, feijoada e couve e os ajeitou com cuidado (e secreta alegria) numa sacola de pano; ele, depois de arrumar a mochila, pesquisou as condições do trânsito na estrada que o levaria de regresso à sua cidade.

Não havia mais motivo para o uso das palavras, ao menos aquelas que poderiam, com o peso da verdade, enunciar um para o outro — no fundo, ditas já pelo silêncio —, *Fiquei feliz por você ter vindo, filho*; *Foi bom ter passado o dia aqui, mãe*. No entanto, para sufocar em parte o sentimento inevitável da separação, foram se valendo destas, mais funcionais, não menos legítimas para ocultar o vínculo que os unia, *Já é tarde, não gosto de dirigir à noite*; *Sim, está escurecendo, melhor não esperar mais*; *Tenho que ir, mãe*; *Vai, vai, filho*; os dois aceitando o não da ausência, incapazes de assegurar o sim da permanência.

Viram-se impelidos a convocar novas palavras, de outra ordem, endereçadas ao futuro, alternando-as, de lá para cá, com o sopro de suas intenções, dizendo ele, *Voltarei logo*, e ela, *Veja se não demora*, e ele, *Em julho, tenho férias, mãe*, e ela, *Julho já está aí, fi-lho*, e ele, *Sim*, e ela, *Aí você aproveita pra ver seu tio*, e ele, *Manda um abraço pro padrinho*, e ela, *Mando*, e ele, *Desta vez foi corrido, não deu pra vê-lo*, e ela, *Seu tio vai entender*, e ele, *Da próxima vez eu fico uma semana, mãe*, e ela, *Seria bom você passar uns dias a mais aqui, filho*. Aliás, ela poderia completar, com as palavras que conferiam mais precisão que estas, ditas, *Seria bom pra mim (também) você passar uns dias a mais aqui, filho*; tanto quanto ele poderia ter acrescentado ao que disse duas palavras que, todavia, produziriam maior efeito sobre ela, *Da próxima vez eu fico uma semana com você, mãe*.

Por fim, como estavam longe, à desconhecida extensão, de um próximo encontro, não havia nada senão fechar aquele, que se esvaía igual a tarde aos pés da noite, e, sem mais demora, era o momento de frearem a resignação, com um abraço, rápido, para que, em seguida, a distância, que a separação impunha, se pusesse em movimento. Ele se adiantou, com a mochila às costas, abriu a porta e caminhou em direção ao carro estacionado em frente da casa; ela, segurando a sacola com a comida, seguiu-o, os olhos de mãe observando as espáduas frágeis do filho, sem que pudessem, como escudos, protegê-lo.

A rua, erma àquela hora muda de domingo, sombreada levemente pelo anoitecer, mirava-os, como o céu, indiferente ao vazio que atravessava ambos, indo da mãe para o filho, e vice-versa, como o vento que vai de uma calçada à outra e, depois, sem dar meia-volta, segue seu rumo. Era, agora sim, a etapa definitiva.

Ele recebeu das mãos dela a sacola de comida e a ajeitou com cuidado, junto à mochila, sobre o banco de trás do carro. Olharam-se de relance, evitando dizer o que era — e sempre seria — dispensável. Ela disse, *Tchau, filho*; ele deu a partida no carro, abriu o vidro e disse, *Tchau, mãe*.

A hora inadiável para os dois se realizara. A despedida, supunham, era provisória. E, talvez, fosse mesmo provisória. Talvez não: naquela estrada, todo domingo havia acidentes e alguém perdia a vida.

Miragem

Foi como se os olhos dele, duas ramas de uma planta verde-escura, dançassem por mim, chamando-me, *Venha*, para que conhecesse os desvãos do seu mundo, não apenas pelos seus veios, mas indo direto à sua raiz, onde ele produzia a seiva do seu mistério. E eu, embora não fosse ingênua; e eu, apesar de ter escapado de tantos assédios, e em certa ocasião, a mais perigosa, com um esforço extra (extraindo do meu fundo forças desconhecidas, o que só foi possível graças ao grau máximo da minha indignação); e eu, confiante em minhas sequentes vitórias, sentia-me imune à brutalidade dos troncos, mas não ao veludo das folhagens, sobretudo daquela que ele, só depois percebi, cultivava em primeiro plano como uma touceira, atrás da qual ocultava a magnitude do seu abismo. Sem saber reagir a artimanhas tão sutis, nascidas de um silêncio movediço, não demorou para eu me perder nos olhos dele — cuja exuberância empalidecia a dos campos e das plantações da fazenda onde fomos viver —, não demorou para me afundar igual a um grão de terra no pântano espesso, eu sempre convicta de que estava levitando e não o contrário, arrastada para fora de mim e incapaz de impedir que a minha resistência, tantas vezes invencível, não causasse efeito algum no substrato daqueles olhos, não que fosse nula, mas pelo fato de agir coagida, sem uma direção, já que o verde dos olhos dele exibia uma paisagem superior à realidade — era uma mata à parte, cerrada e entorpecente, desde o chão coberto pela grama revoluta, até a galharia mais alta das árvores —, aquele verde dos olhos dele tinha o poder de alastrar imediatamente o rubor pelo meu rosto, aquele verde dos olhos dele me destroncava o desejo de fugir, me punha à sua mercê não sem o contentamento que eu mesma, contrariada, me consentia. Longe da cidade, embrenhada com ele naquelas terras, dediquei-me a lecionar na escola rural que acolhia as crianças da nossa colônia e dos sítios vizinhos, famintas pelas novidades que os pais traziam quando visitavam a vila; e se pelas manhãs eu dava atenção a elas na esperança de ensinar o que ali eu desaprendia — o controle mínimo dos meus passos —, à tarde me fixava na varanda da casa sede, à espera de me entregar única e desesperadamente a ele — e apesar de me embevecer com o jardim bem cuidado e me alegrar com suas flores vicejantes, ou contemplar a beleza viril do bosque de carvalhos que crescia ao redor, nenhum verde me sugava mais (com tanto vigor) do que o verde dos olhos dele. Então, confiante demais nos meus antídotos, quando dei por mim estava presa em seu interior, desvelando um território que se me fascinava à entrada pela sua leveza, a cada metro adentro se mostrava pesado e rude, machucando sem trégua, com o chicote dos seus ramos, a minha já difusa integridade. À noite, o verde dos olhos dele escurecia, o que aumentava o seu mando, como se o esplendor da sua luz só fosse alcançado se antes o tingisse de trevas, e era assim, sob o jugo daquele seu feitiço, que eu concedia a ele tudo o que me fosse pedido: fracas e falsas eram as minhas negativas, porque eu, no mais fundo, implorava pelo aniquilamento. Às vezes, agarrava-me no cipó de algum fato raro, como a celebração de uma missa na capela da fazenda, a visita imprevista de um parente, o abraço de uma criança, grata pelo que supunha ter aprendido comigo, tentando lograr uma ascensão do lodo, ainda que mínima, para dar algum lenitivo aos meus pés exaustos de lutar contra a sua tração. Eu sabia que não havia chance de fuga.

A não ser que, por um milagre, ele me chorasse. Mas o verde dos seus olhos era uma miragem num deserto de pedras, sem nascente alguma.

Suposições

Já que aqui estamos, com este tempo para queimar, vamos supor que ele, com pés na terra (prometida e obrigatória) da velhice, morando sozinho num bairro qualquer, daí que nem é preciso nomeá-lo, resolva, por conselho médico, por impulso próprio (para gastar a manhã fora de casa), ou mesmo por tédio, caminhar nas redondezas e, num desses passeios sem destino prévio, a bússola do desejo quebrada, as pernas a levá-lo a um ponto das redondezas ainda não palmilhado, descubra, entre as ruas exíguas, que delineiam as linhas desordenadas daquela região, uma praça malcuidada, espremida entre prédios antigos e casas modestas, aonde, claro, só os velhos como ele vêm se movimentar — os jovens vão a clubes, academias, parques equipados e conservados por empresas, distantes de lá. E, a continuar na suposição, veremos que ele, tão logo comece a andar pela praça, notará que é um sítio ideal para os afastados do trabalho, da família e do mundo, tanto que, de fato, só eles se encontram em suas alamedas de cimento craquelado, na trilha sob a copa das árvores e à beira dos aparelhos para exercícios físicos, quando não nos bancos em ruínas, sentados e lassos e exauridos já no abrir do dia, senhores (e senhoras) em semelhante situação à dele; enfim, idosos, inválidos, inúteis na opinião de muitas pessoas, que, à diferença daquelas das novas gerações — estas passam apressadas a pé em direção à escola, de bicicleta ou moto —, carregam, nas costas, nos rostos e, principalmente, na alma, décadas de alegrias e angústias, rolos compridos de fatos (alguns leves, a maior parte pesados), além das imperceptíveis (contrárias aos rastros e sulcos do tempo em seus corpos) cicatrizes cunhadas tanto por facas, estiletes e dentes, quanto pela lâmina da decepção, pela infidelidade, pelo repúdio do mundo aos seus sonhos. E vamos supor que, depois de voltar à praça várias manhãs, de se sentir envolvido pela quietude do local, mais do que pela simpatia dos frequentadores — apenas um senhor, certa vez, dirigiu-lhe as palavras óbvias àquela hora, impostas pela convenção, talvez até vazias da intenção de quem as enunciou, *Bom dia*, e, noutra ocasião, uma senhora lhe concedeu um sorriso e o fez pensar se tal sorriso era expressão de uma pessoa feliz, ou de uma pessoa felizmente falsa, ou de uma pessoa falsamente feliz —, ele de repente notou, num dia frio, quando caminhava lá devagar, sentindo as lambidas do vento gélido na face, uma pessoa que vinha no rumo oposto ao seu, inteiramente agasalhada, e apenas pelo andar flutuante, e vamos supor também pelos olhos que o cachecol não cobria, além dos cabelos longos e grisalhos, ele notou que ela era a mulher a quem sempre cumprimentava na padaria ou na farmácia do bairro, imaginando que residia na vizinhança, mas dela não sabia nada, embora tivesse a rochosa certeza de que haviam vivido as mesmas mudanças de costumes, de valores e de (des)crenças que o planeta registrara nos últimos setenta anos — eram ambos, inegavelmente, seres residuais de um tempo que não mais existia, testemunhas raras de uma era que, de tão veloz, se tornara precocemente arcaica. E vamos supor que, nesse dia frio, ela o reconheceu como um morador das cercanias, sem se recordar igual a ele, no entanto, que haviam se cruzado na padaria ou na farmácia, mas segura de nunca o ter visto naquela praça, onde costumava passear, e, então, quando passaram um pelo outro, cumprimentaram-se mais pela cordialidade do passado do que pela obrigação do presente; e, vamos supor que, depois de dar duas ou três voltas pelas alamedas, ele, novato ali, e comedido (para não dizer limitado) em relação ao seu condicionamento físico, sentou-se para descansar num dos bancos de cimento (cujo encosto estava sujo de antigas e recentes pichações) e se distraiu, por alguns minutos, observando o céu de um azul lavado, a paisagem à sua frente (e nas redondezas) pouco exuberante, povoada por outros velhos que lá se moviam (lentos, todos, pela inevitável desaceleração da idade, e já no treino para a parada final), quando se deu conta de que alguém pedia licença e se sentava na outra ponta do banco; e, vamos supor que esse alguém era ela, aquela mulher, conhecida e desconhecida dele a um só tempo, que ali se acomodara, quieta e desflutuada de seu andar, para desfrutar de uma pausa ou fugir do frio, e não propriamente, como ele pressentiu, com o intuito, claro ou velado, de lhe fazer companhia, iniciando um diálogo de circunstância (afinal, do que mais poderiam falar senão dos temas superficiais que os traziam àquela praça?), uma prosa fadada a evaporar tão logo cada um pegasse seu rumo de casa; mas, vamos supor que, de fato, se era ou não a intenção dela, ou tampouco o desejo dele, porque desaprendera, uma vez confinado à solidão, a interagir com os demais, semi ou totalmente estranhos, os dois, impelidos pela espontaneidade do instante, começaram a passar, como bastão, umas palavras de um para o outro, e embora sem dizer nada relevante, nada capaz de aumentar, em ambos, o poder da empatia (na idade deles tudo é fraco, até a voltagem da atração), a conversa foi se desfiando, inesperada e natural, como uma folha que, justo quando a miramos, desprende-se da árvore e cai suavemente na relva. E vamos supor que, sem combinação alguma, mas dentro das inumeráveis possibilidades, na semana seguinte, ele e ela voltem a se encontrar numa aleia daquela praça, quando poderiam tanto trocar uma saudação e seguir sua caminhada individual como frear e, outra vez, chamar as palavras para, com elas, romper o silêncio da indiferença e flagrar juntos, por meio de uma nova conversa, mais uma folha a se soltar da árvore do tempo. E dessa conversa, segunda, já que estamos aqui, que chegamos às atuais linhas, nas quais nossos olhos se espraiam na presente leitura, vamos supor que tenha ocorrido uma terceira, e outra e mais outra, ainda que curtas e restritas às áreas da praça, onde se encontraram em outras manhãs gélidas, até que começaram a se exercitar, lado a lado, nos (alquebrados) aparelhos de ginástica, a se incentivar mutuamente diante das barras fixas, a falar de seus hábitos e de suas manias enquanto usavam o simulador de caminhada, ou de esqui, e, nas frestas dos dias, descobriram que gostavam de estar lá, na companhia um do outro, fartando-se com aquela pequena partilha, quando sentiam que nada mais lhes pertencia senão sobras (não seriam eles também sobras?), surpresos com a revelação de que talvez não fossem plenamente refugos para o mundo, nem que a vida para ambos se esvaziara a ponto de quase atingir o grau zero, mas, ao contrário, que surgia, entre ele e ela, como um milagroso olho-d'água no deserto, um bem-querer — um bem-querer não tão forte, pois para os velhos até a vontade é fraca, embora o suficiente para não desistir de ser bem, nem de ser querer. E vamos supor que fazia anos que ele estava distante dos filhos e dos netos, não tinha mais necessidade de lhes ensinar os cuidados consigo mesmos, quando então cortava as unhas de um, fazia o curativo no machucado de outro, penteava os cabelos desse e ganhava daquele um beijo no rosto, em suma, nos últimos tempos desaprendera totalmente a tocar em outro corpo, sentia que se descolara para sempre das vivências felizes de ontem, sem poder apalpá-las com a memória, e, dessa forma, afastava-se inclusive das lembranças em cuja névoa do esquecimento seus familiares se evanesciam; e, já que aqui estamos, vamos supor que ela alcançara o mesmo estágio, de não ter mais a presença cotidiana de familiares à sua volta, apenas (às vezes) o telefonema da filha caçula ou a visita de uma vizinha, e não seria exagero dizer que ela temia se acercar de outro corpo, ainda que exausto como o seu, e era o que ele também temia, e, por isso, vamos supor que cada um possuía uma migalha de coragem, e que, somadas, os levaram a se mover em direção à ancoragem dos corpos, na busca por arrancar deles, em conjunção, acordes silenciosos, sem se importarem com sensações inéditas; àquela altura sentir o sentível, o que não provavam havia anos, já era ganhar um bônus, inesperado e glorioso, no fim do caminho. E vamos supor que, no vagar das urgências, somente provada, no seu espesso sumo (extraído dos gomos e, sobretudo, de seu bagaço), por quem sabe que o tempo adiante é parco e o portal de escape está próximo, ele e ela começaram o que, para muitos, era um exemplo do poder da desrazão, capaz de se impor em qualquer idade, ele e ela começaram, com o ímpeto dos atrevidos, a frequentar um o dia do outro, a se servirem de momentos a dois, como iguarias que, antes daquele primeiro encontro na praça, seriam improváveis. E vamos supor, é preciso supor, pois aqui estamos, e no futuro (breve, remoto?) não estaremos, é preciso e vamos supor que, agora, eles eram vistos sempre juntos, e haveria quem julgasse, e aí nem é preciso supor, existe gente demais com esse olhar, quem julgasse obsceno, um desafio às camadas dominantes da vida, aqueles dois, com seus cabelos brancos e escassos, caminhando, em passo lento, de mãos dadas, ou pior, rindo enquanto entrecortavam, só para eles, palavras. Aliás, vamos supor, já que se valiam das palavras havia tantos e tantos anos, que tinham aprendido a usá-las com parcimônia, à semelhança dos talheres, deixando de lado as cortantes como facas e as de prender como os garfos, e tendo, mais à mão, as receptivas como as colheres, e, atentos ao que podiam gerar, ambos as enunciavam com cuidado, escolhendo-as como o faziam no passado ao lavar o arroz, retirando os grãos marinheiros e as cascas, eles bem sabiam do que as palavras eram capazes — guardavam (não em gavetas arrumadas, mas em escaninhos caóticos da memória) algumas que, feito feridas na alma, jamais cicatrizariam. E, agora, na continuidade das escolhas, não mais deles mas nossas, entre as variáveis admissíveis nesta história, vamos supor que prosseguissem na coragem de se tornar companheiros, de somarem as intimidades, sem as amarras do amor, e sem as asas dos descompromissados, de tal forma que, mesmo em casas separadas — e podemos até supor numa única casa, definida por voto duplo —, viessem a zelar um pela integridade do outro, conquanto a inteireza dos dois se constituísse em parte de seus próprios destroços, ele a se condoer das varizes dela (décadas trabalhando em pé, como cozinheira) e tentar lhe minimizar a dor com antigos unguentos, ela a se preocupar com as dores nas costas dele (pelos trinta anos, como bancário, sentado em cadeiras ruins) e a lhe fazer improvisadas massagens; e, ao fim de alguns meses, já teriam saído do degrau da solidão e alcançado o plano onde é possível o convívio cotidiano isento (não totalmente) das miúdas divergências que minam, explodem e afundam os relacionamentos. Chegados a essa condição, vamos supor, não há mais como retroceder, estamos no ponto da escrita, como a correnteza acelerada do rio rumo à foz, em que é preciso (porque, uma vez no fluxo da vida, só resta cumprir seu intento de parar), é preciso decidir o que acontecerá, e sabemos, não é mais suposição, mas exigência, é a lei vital, só há duas alternativas: ele alcançar primeiro a última curva, ou ela. Vamos supor que seja ele. Que diferença fará para nós? Nenhuma. Já para ela, fará toda a diferença. E se ela for primeiro, vamos supor, para nós será apenas o fim desta história que estamos lendo (e escrevendo), mas para ele, não — para ele, será o dilaceramento.

A festa final

O pai e a mãe, por conta de compromissos, não podiam levar as crianças à festa junina da escola na noite de sábado — o que as obrigaria a descer mais fundo no poço (já conhecido) da tristeza, e era cedo para que elas pisassem noutro degrau da decepção. Pediram a ela, avó, tão solícita (às vezes quando nem era preciso), que as acompanhasse; a menina e o menino iriam dançar quadrilha, cada um com a sua turma, a garota com os estudantes do segundo ano, e o irmão com os do primeiro, e, assim, além de ver aqueles ramos que saíram da sua raiz se movimentar por si, era uma oportunidade para ela, que andava quieta, de se divertir à sua moda, bebericando quentão enquanto, diante da fogueira, observaria o fogo lambendo as toras de madeira. Ela não se sentia animada para festa nenhuma, tinha o seu motivo, secreto, ainda não partilhado com ninguém: na véspera, recebera a notícia do médico sobre a recidiva de sua doença, e, dessa vez, ela sabia, ela sentia, ela não se traía, dessa vez teria, em breve, de rumar para a linha da despedida. Mas porque toda hora é vida, mesmo nas horas em que a vida já se prepara para não ser mais, e se toda hora é vida, era melhor viver as horas da noite de sábado com os netos, já que ela fora informada do tempo que restava, se não exato, presumido com menos incerteza, para que a sua bomba-relógio explodisse. Assim, ao ponderar a sua situação, concordou com o pedido e, à tarde, de banho tomado, vestindo calça e blusa de veludo, dirigiu o velho carro — não tardaria para que a lassidão a impedisse de guiar — e recolheu os netos, já ao portão de casa, em trajes juninos, sorrindo, mas impacientes e excitados com o que os esperava, ela bem sabia como era difícil frear o contentamento, quando a reta para o seu galope se abre inteira, livre e comprida. Apesar de não alcançar a disposição de outros tempos, e de estar menos afeita às palavras, ao longo do percurso, sobre o qual a noite acomodava a sua película espessa e escura, ela ouviu e participou da conversa das crianças que não paravam de tagarelar, vivendo o antes da festa, parte também do seu durante, e, talvez pela desmedida da idade, não conseguiam se conter, a felicidade nelas se inflava como um globo, e, por pouco — e é sempre por pouco —, não transbordava do rosto das duas, por pouco — é sempre por pouco —, vinda furiosa dos corpos em crescimento, não arrebentava os remendos falsos das suas roupas, a menina e o menino ardendo de vontade de chegar logo (tanto quanto ela, de repente, ardendo de súplica por se demorar mais na companhia dos dois). E, uma vez saída de um ontem, que a alertava para a indomável fatalidade, sentiu, muito mais que tantas pessoas ali, o quão intensa era a vida no pátio de acesso à escola, o hoje sob a luz das estrelas e da lua então acesas na cúpula negra do céu, aonde pais e filhos chegavam aos borbotões, animados, apressados, afogados na satisfação, momentânea, que precede o auge dos encontros festivos. Entrou com os netos pela porta principal e, desviando de adultos e crianças com seus trajes juninos que abarrotavam os corredores, onde nos dias normais só transitavam professores com aventais e alunos em uniformes, chegou à quadra esportiva, o improvisado arraial, em cujo centro se dariam as apresentações das quadrilhas, ocupada nas margens por barracas de comida, bebida e brincadeiras (a pescaria, o jogo de argolas, o tiro ao alvo, o correio elegante) e coberta de ponta a ponta por bandeirolas coloridas. A menina e o menino se afastaram às pressas, não precisavam mais dela, hífen necessário só para ligá-los àquele estado de euforia, e foram correndo se juntar ao grupo de crianças ao redor de suas professoras — que os comandariam na hora das danças. Em área anexa à quadra, haviam sido dispostas mesas e cadeiras de plástico, para onde ela se dirigiu e se acomodou num canto estratégico, dali podia ver os netos e ser vista pelos dois que, mais tarde, era certo, viriam atrás de fichas para comprar algodão-doce, pipoca, água, mas, até então, iam misturando seus sorrisos e gritos com os amigos. Sentiu prazer ao vê-los, porque, embora o menino e a menina conhecessem as outras crianças, se encontrassem com elas de segunda a sexta-feira nas aulas, ali estavam desfrutando de uma festa, experimentando um fato inédito, e essa era, entre tantos pesares, uma das maravilhas (ainda que não parecesse) da vida, eventos raros que, sem alarde, tinham o poder de nos enlevar — atravessar o momento fugaz com alguém de quem gostamos, respirarmos o sentimento de comunhão, sermos, enfim, partícula da mesma chama que estala de felicidade. Sentiu prazer, porque provava também daquela ambrosia, estava com os netos, a quem via com frequência, mas numa situação nova, apesar de mundana, estava lá com eles, na quadra animada, envolta naquela agitação, sob o céu pontilhado de estrelas, ouvindo a mesma música, degustando em silêncio o mundo naquele presente, provando a sua velha individualidade e a quietude do seu corpo, estava lá com eles, no igual instante do Tempo, saboreando os poucos meses (ou dias) que lhe restavam. Não tardou para que o menino e seus colegas se apresentassem, a primeira quadrilha da noite, e ela gostou de ver as crianças empenhadas em dançar, atentas aos movimentos da professora, que copiavam de forma insegura, mas a comoveram — os passos desajeitados desafiavam a maldade, revela-vam humildemente o esforço das tentativas, a cora-gem da timidez, a beleza da imperfeição. Depois, o neto correu até ela, ficou ao seu lado, à mesa, ganhou o seu elogio, e, embora tenha logo pedido para que lhe comprasse água e algodão-doce, ela se sentiu sa-tisfeita, o menino viera ali para brincar, rio, com os amigos, mas sabia que ela, avó, estava lá, sabia, in-tuitivamente, que a margem é também o porto, de onde se sai, e para onde se pode voltar. Houve a se-gunda quadrilha, e foi a vez de a menina entrar em ação. Assim, como antes, ela gostou de ver a neta se mover, graciosa e alegre, não obstante às vezes hesi-tasse, ao recuar um pé com atraso, ao abrir os braços demais (abrir os braços demais era uma falha naque-le momento, mas pela vida toda seria um acerto). Mirando a menina naquelas roupas feitas com re-mendos, ela se lembrou de seus próprios rasgos ao longo da vida, e de como conseguira, aos poucos e à custa de dolorosa dedicação, cerzir alguns, remendar outros, e, então, se lembrou de que, depois da notícia do médico, em breve não haveria mais para ela necessidade de consertos — o que, de certa maneira, era um alívio. Terminada a quadrilha, também a menina foi até ela, ganhou um sorriso e um afago, ficou um tempo ali, grudada à margem, mas, arrastada por uma amiga, foi se juntar a outras, rio, e correr, saltitante, pelas barracas, a menina sabia a quem recorrer se tivesse fome e sede, sabia quem (uma vez exausta da festa e da euforia) a levaria para casa. Outras relevâncias se sucederam na festa: o quentão, que ela provou, estava saboroso, a língua recordou o gosto de outros tempos; o menino, eufórico, veio lhe mostrar o chaveiro que ganhou na barraca da pescaria, uma prenda pequena causando grande alvoroço; a menina a puxou pela mão para comprar canjica, e era tão bom ter alguém a quem dar a mão. Aquelas relevâncias, somadas, fabricaram, em seu cadinho íntimo, um grão de júbilo, embora tenham sido menores do que sentia — a força de sua própria presença, viva. Assim, a festa foi se alargando, se tornando festa vivida e recordada simultaneamente, até que, pelo alto-falante, anunciaram o início do show pirotécnico. Os netos se juntaram a ela para ver. E o feitiço se aflorou às alturas. Ela ficou observando, absorta, o espetáculo luminoso que se espraiava no céu e pensou que as pessoas, incluindo ela própria, eram como aqueles fogos de artifício — as girândolas, as chuvas coloridas, as flores faiscantes —, acendiam, brilhavam e logo se apagavam, sem contar as que não passavam de estampidos roucos, as que já nasciam fumaça, as que goravam. A explosão de fogos continuou no horizonte, e, ao redor, o menino e a menina riam e conversavam com amigos que haviam se aproximado. Ela permaneceu muda, registrando em si mesma a queima daqueles minutos — todos, em virtude de sua nova condição, consumiam-se mais depressa, incendiavam-se como gravetos secos. Ela permaneceu imóvel e silenciosa, e sentiu, subindo pela medula, algo que só é dado a quem tem proximidade com o fim: sentiu que era bonito ver as duas crianças erigindo amizades, no contraponto ao tempo de seu desabamento (que, no futuro, inevitavelmente ocorreria); sentiu que era bonito aquele júbilo numa era, a infância, na qual, apesar dos sustos, havia a assombrosa possibilidade de encantamento; sentiu que era bonito, antes de acabar a festa, ter participado dela, ter captado o fulgor de sua fogueira e trazido, ainda que ninguém notasse, duas braças de lenha para nutrir suas chamas.

Alevina

(não é preciso descrever o lugar com detalhes, tampouco interpor elementos acessórios na cena: estão apenas os dois, pai e filha, à entrada da piscina natural que se formou pelas águas contínuas da cachoeira à frente, translúcidas àquela hora da manhã, a ponto de avistarem facilmente o fundo de pedras pequenas e polidas e, sobretudo, na superfície, o movimento veloz dos alevinos. o pai chama a atenção da filha para o atual estágio daquelas vidas, vão crescer e se tornar peixes plenos, e, enquanto a menina se espanta ao vê-los se agitar de lá para cá, ligeiros, ele pensa nela, é uma alevina também, tantas águas terá de atravessar para ser uma mulher. ela pergunta ao pai se pode pegar um, ao que ele responde ser difícil, mas, instado pelo seu pedido, junta as duas mãos em concha e tenta arrastar algum alevino no punhado de água que apanha. não consegue, são seres espertos, lépidos demais. ele arremete outra vez, em vão. a menina faz uma tentativa, duas, e igualmente fracassa em ambas. então, ele pede para a filha não se mover, ao contrário dos alevinos, e que se mantenha no mais fundo silêncio. ela o obedece: põe-se inerte, como as pequenas pedras polidas do fundo da piscina natural. o sol jorra a sua luz silenciosa sobre a paisagem, assim como a cachoeira se jorra em sua queda, ruidosa, represando, contudo, os dois naquele instante de espreita. um cisco de tempo passa. lentamente, o pai afasta as duas mãos como numa prece, imerge-as na piscina e, na porção de água que as distancia, um cardume de alevinos, eufóricos, se mexe, alheio àqueles dois parênteses. de súbito, o pai, num gesto inesperado para a menina, junta as mãos em concha e, célere, arrasta uma porção de água para fora. eis que um alevino ali flutua, desorientado e preso pelo olhar da menina. mas, num átimo, vívido, salta e desaparece, de volta ao seu mundo líquido. o pai pensa na filha: mesmo desejando retê-la consigo por mais tempo, sabe que ela escapará

Avestruz e unicórnio

Burro zurra, cachorro late, gato mia, grilo cricrila. E avestruz? Sabe qual é a minha onomatopeia, ou o verbo que a define? Tente! Avestruz geme? Avestruz grasna como marreco? Avestruz crocita como corvo? Avestruz, bem, eu emito algum som, ou com meu bico sou só uma abridora de silêncio? Eis aí uma questão, se bem que não shakespeariana, do ser ou não ser, mas também metafísica, pois somos o que comunicamos, somos a forma pela qual nos expressamos. Ou não? Divertida e altiva, costumam me desenhar nas mais diversas superfícies: em panos de prato, em graciosos bordados, em colchas de pousadas à beira de rios, em fraldas e mamadeiras de crianças. Sim, crianças amam avestruz — e toda a minha gente, os meus parentes, o pelicano e a cegonha principalmente, aparece em fábulas, em roupinhas de bebês, em adesivos infantis, em canecas, copos, chocalhos. Crianças e bichinhos, que linda combinação!

Súbitas aprendizagens. Até de amor. De repente, a garota ou o garoto ganha um filhote de hamster, um coelhinho, uma tartaruguinha. Começa a se afeiçoar, a cuidar com carinho, a alimentar, a dar água, toma, bebe, que linda a minha gatinha Nina, que sapeca o meu Marley abanando o rabo de felicidade. Eu e ela, minha menina. Ou ela e eu, a sua avestruz, pintada no pijama que ganhou quando fez dez anos. Eu sempre com ela nas horas moles, vestindo-a para dormir, exausta pelos compromissos, isso mesmo, os compromissos, que só a infância pode impor: compromissos com a alegria, com as descobertas mágicas, com o encantamento, às vezes com a decepção. Eu sempre com ela nas horas macias, no pijama ainda em seu corpo quando despertava, sob o efeito do sono longo, da preguiça, da doçura de ter um pai e uma mãe que vinham abraçá-la, abrir-lhe as portas para um dia novo, em folha, inteirinho à sua disposição, para ser vivido com a avidez das almas leves, ainda não esmagadas pelo peso das dores inevitáveis do crescimento. Carneiro bale, boi muge, cavalo relincha. E avestruz? Guincha, arrulha, chia? Minha menina, tão curiosa, ria com o larilará do seu ursinho cantor, com o pum do seu macaco de pelúcia, com os desenhos animados da tevê, minha menina conversava com as suas panelinhas de plástico, ciciava nos ouvidos das suas bonecas, cantava baixinho para si, suspirava silêncio, extasiada, quando mirava o céu todo perfurado de estrelas. Ah, o céu, tão esplêndido, com aquele enxame de luzinhas prateadas e pulsantes! E com os livros, depois de aprender a ler, minha menina voava para as terras imaginárias, viajava no dorso das histórias, eia! Eu sempre com ela nas horas macias, de despertar e de dormir, e, sobretudo, nas altas horas do seu sono, oito, às vezes dez horas, ela ali, comigo, fabricando seus sonhos, tão pequeninos, do tamanho dela própria, porque cada um tenta se encaixar nas suas medidas, não é? Cada um tenta caber nos seus medos, nas suas angústias, na sua própria existência. Eu sempre com minha menina, e foi nessas horas de calmaria que vivi com ela o fato mais marcante do meu destino. Qual o som peculiar, típico, original de uma menina de dez anos? Menina ri, menina canta, menina cala? Ela se divertia com o primo, menino maior, porque gente grande quando brinca com os menores às vezes se recriança, desce às platitudes da infância, se faz de ingênua de novo, de virgem diante das palavras e das coisas simples do mundo: bolas, pantufas, tiaras. Ela, a menina, com suas tranças longas, adorava unicórnio, tinha dezenas de miniaturas, uma coleção de objetos em forma, cor e espírito de unicórnio — prendedores de cabelo, quadros, cofrinhos, até um abajur em forma desse bicho mágico, alado, de sorriso bonachão, olhos azuis, com seu chifre escapando do centro da cabeça. Qual a identidade sonora dele? Unicórnio gazeia, rincha, zune? Quase ninguém sabe. O que é uma ignorância perigosa, pois o verbo revela o que o silêncio do animal oculta. E avestruz? O que você acha? Avestruz com a cabeça enfiada na terra, ou andando sorrateira, distraída. Avestruz charla, estridula, grassita? Menina gargalha, menina assobia, menina tagarela? Minha menina lá, com seu pijaminha, e eu estampada nele, seu pijaminha, eu pintada naquele tecido de algodão, e o primo, naquela noite está com ela, no mesmo quarto, e, para alegrá-la, diz que é um unicórnio, e vamos nos divertir, sim, vamos nos divertir, mas ao contrário, para ser mais divertido, não é ela que sobe nele, a menina com as rédeas nas mãos, no comando do seu unicórnio, mas ele que sobe nela, e a minha menina não compreende bem essa virada, o unicórnio pesa, espreme seu corpo, espreme a mim, avestruz sorridente e confortável no pijaminha, e o unicórnio inicia nela um sofrimento que vai se alojar numa poça suja e profunda da sua memória, ah, qual é a onomatopeia de unicórnio? E a minha, avestruz? Galinha cacareja, porco grunhe, serpente silva. Avestruz, igual a menina, avestruz chora, grita, urra, igual a menina, avestruz berra, clama, suplica. Mas, unicórnio, surdo, sufoca a voz da avestruz e a da menina, naquele instante e durante anos, unicórnio abafa a nossa prece, unicórnio fere com todas as letras a nossa integridade, unicórnio nos algema o bico, a boca, até mesmo o baque. E unicórnio depois manda cartas, dizendo que gosta tanto dela, manda fitas cassete com músicas que ele fez para a minha menina, a sua priminha querida. E unicórnio volta outras vezes, unicórnio trata minha menina como se nada tivesse acontecido naquela noite, e ela não entende, ela, e eu, pensa que de fato não se deu o que se deu, foi só um pesadelo, eu e minha menina sempre nas horas de dormir, no próprio sono, no momento de despertar, eu, a avestruz de seu pijaminha. Sim, unicórnio volta outras vezes e, nessas vezes, ele a fura de novo com o seu corno, ele a sangra, e, quando ela diz que dói, que lacera, que arde, ele tampa a boca da minha menina. Pardal pipila, sapo coaxa, cigarra canta. Avestruz, igual a menina, avestruz chora, grita, urra, igual a menina, avestruz berra, clama, suplica. Unicórnio nos sufoca, nos asfixia, nos emudece. Mas unicórnio não cala para sempre a nossa fala. Crianças e bichinhos, que linda combinação! Súbitas aprendizagens. Da mais pungente dor. Qual é a onomatopeia de unicórnio?

E a minha, avestruz? E a da minha menina? De repente, a palavra vem, depois de décadas de silêncio, parida pela violência do passado, da coragem para não fugir das penas desconhecidas, a palavra vem, e a minha menina, pela minha voz, de avestruz em seu pijaminha, ela conta tudo, tudo, aqui e agora! Agora e para sempre — para que não aconteça, nem na memória, nunca, nunca mais.

No parque

Ele sabia que se dedicar à fabricação de uma alegria em outra pessoa é tarefa quase sempre destinada ao fracasso, a matéria-prima de sua produção, o sonho, ou o desejo, é massa altamente perecível, pode desandar em qualquer fase de seu longo processo — ao contrário de um cristal, que, ao ganhar um sopro de fogo, alcança no ato a consistência vítrea.

Mas a menina sonhava havia tempos com o parque de diversões, e ele, pai, sabia que, se não era capaz de lhe dar, como um bem manufaturado, a alegria a ser entregue lá, ao menos podia iniciar o mecanismo em sua linha de montagem. E assim ele o fez, adquirindo os ingressos pela internet, meia--entrada para os dois, ela por ser criança, ele por ser um profissional da educação.

Na tarde seguinte, dirigiram-se para o parque, uma área afastada do bairro onde moravam, nos arredores da cidade, quase fora de seus limites, enquanto dentro da menina se dava o começo da alegria — era o que ele podia perceber, porque, durante todo o comprido trajeto, ela sorria como se já retirasse das brumas do devaneio a verdade maciça que estava vivendo, o caminho em direção ao entretenimento, e em seu rosto se abria a expressão do fascínio prévio, da certeza de que seria um passeio maior do que os braços da sua imaginação alcançavam, por isso ela nem se mexia no banco de trás do carro, poupava as forças, era preciso tê-las na máxima gradação para colher as horas vindouras de leveza.

Diante da entrada do parque indoor, dezenas de crianças se aglomeravam, eufóricas, junto aos seus acompanhantes, que tentavam em vão frear a ansiedade delas; a multidão emitia um redemoinho de barulhos que se misturava à música circense em alto volume, ressonando das caixas de som espalhadas pelo lugar. Em meio ao burburinho, os sentidos dele, estranhamente, se voltaram para os gestos de sua menina, como se estivesse vindo ali apenas para que, assistindo ao júbilo vicejar nela, descobrisse áreas novas de sua personalidade.

Sim, nunca lhe ocorrera que a conheceria mais num ambiente como aquele, a princípio pouco propício para observar com lentidão e minúcias os atos de sua filha, como era no silêncio do quarto dela, na maneira como se comportava à mesa numa refeição, ou na sala de casa, quando espalhava as bonecas sobre o tapete e inventava, para cada uma, particularidades, estilos, vozes — enfim, uma graciosa biografia.

Nas horas que permaneceram no parque, ele reparou que o tempo todo, na área dos brinquedos, ela procurava com os olhos irrequietos localizá-lo entre a turba, e, ao vê-lo, reagia com o alívio de quem se atraca num cais, no qual se sente segura, abraçada a uma realidade que reconhece amável; mas, quando não o via, ela se alarmava, o repentino receio de se achar só subia ao seu rosto, porque ele, à sua espera, fora obrigado a se mover dali, em torno do carrossel, da roda-gigante (não tão gigante assim), da minimontanha-russa, pelos pais e pelas mães, que buscavam com o celular um ângulo favorável, empurrando (e até atropelando) as pessoas que ali aguardavam, para fotografar o susto, o contentamento, o sorriso de seus rebentos. Ele reparou que quase não havia homens com seus filhos, iguais a ele, solitários, senão casais com seus bebês em carrinhos, e, claro, uma profusão vibrante de mães, rebocando uma, duas, às vezes até três crianças.

Reparou que o comportamento desconfiado de sua menina era medo de se perder dele, de ficar à deriva, atirada ao abandono, ou, pior, ao desespero. Reparou que ela, à semelhança dele, e diferente de outras crianças, que, enquanto esperavam na fila para chegar aos brinquedos, tagarelavam, resmungavam, esbravejavam, mantinha-se calada, na quietude de quem está, no fundo de si, gestando a alegria sem alarde, e compreende que tudo tem seu tempo para amadurecer. Reparou que ela, diferente dele, e de tantas crianças, acostumada à contenção pública dos sentimentos, levantou os dois braços e sorriu grande, quando saiu da tirolesa e da parede de escalada, demonstrando visivelmente que se sentia vitoriosa; realizara um feito até ali inconcebível por sua timidez. E reparou, no entanto, que ela preferia os brinquedos mais infantis, embora já crescida, enquanto crianças menores gostavam de correr "perigo", enfrentar desafios e esticar a coragem, almejando talvez prazeres maiores que seus corpos podiam suportar — mas assim é que se demarca, em cada um de nós, o limite entre um dia vivido e um dia vívido.

Também reparou que não tinha como parar na menina, àquela tarde, o contentamento — e temia que, quando ela percebesse que o contentamento não era um continuum, mas só um instante, sentiria a frustração do fim, o que não era algo tão significativo, ela acabaria se salvando pelo atributo hereditário, da espécie, de guardar aquela expansão sensorial como uma lembrança sagrada. Aliás, quanto ao poderio (nem sempre confiável) da memória, dificilmente ela se recordaria, mesmo não sendo ingênua, porque no fundo ignorava os detalhes, dos muitos movimentos que ele fizera para estar ali, na sua companhia, à borda dos brinquedos, dividindo a porção de fritas numa mesa da lanchonete. Reparou que não tinha como consertar nele aquela mescla de satisfação momentânea (pelo regozijo da filha) e de sofrimento futuro (pelas limitações dela, reveladas em suas atitudes).

Reparou, por fim, ao sentir que a aceleração do tempo caíra de uma vez sobre seus ombros, que o parque ia fechar em breve — era hora de ambos se encaminharem para as catracas de saída, cujo acesso só alcançariam depois de atravessarem a loja, onde se vendiam objetos e mais objetos, atraentes tanto para os pequenos quanto (talvez mais) para os pais. Seguiram, então, devagar para a área da loja, onde ela observou as canecas, as meias, os lápis, mas nada pediu a ele, ao contrário de outras crianças, que, plantadas nos corredores, externavam com insistência seus desejos de consumo, dificultando-lhes a travessia. Afeito a metáforas, ele lembrou que, um dia, teria de sair sozinho de outro parque, muito maior do que aquele — um parque de muitas diversões, sim, mas de inúmeras tormentas. Não era o momento de se doer com aquela cena que a soma de fatos novos haveria de delinear, ele indo embora e deixando-a por lá, a decidir, por si só, a própria sorte — quando ela, certamente, não seria mais uma menina, mas uma mulher capaz de suportar a ausência de alguém que a amava. Não era o momento (ainda), e, por isso, ele pegou na mão da filha e seguiu rumo ao estacionamento. Ela saltitava ao seu lado, sorria por dentro, a alegria atingia a última fase da sua fabricação: antes sonho, matéria esfumaçada, tornara-se alegria viva, unicamente dela — uma alegria de cristal, que só ele, só ele reparou.

OUTROS FIOS

Variáveis

Na manhã em que me preparava para ir ao santuário das cavernas com a turma da escola — e talvez
porque não parasse de falar sobre o que eu planejava
fazer lá —, minha mãe disse, *As coisas nunca são como
a gente pensa*. Foi a primeira e única vez que ela fez
esse comentário, mas nunca o esqueci, porque, apesar de ser menina naquela época, quando voltei do
passeio, no qual eu havia sentido a felicidade, como
uma asa que pousara inesperadamente na palma de
minha mão e, antes que fosse levada pelo vento, percebi, com minha reduzida compreensão, ao recordar
os momentos marcantes do dia, a essência da verdade represada em suas palavras: eu havia navegado
durante dias pelo site do santuário e sabia, como
quem já viveu uma história, linha a linha, antes de
escrevê-la, que começaríamos a "expedição" tão logo
passássemos pelo portão daquele complexo turístico,
observando as aves da região, o socó e o gavião-de-

-penacho, e, de fato, eu não apenas os admirei, mas me surpreendi com o casal de pacas quando atravessamos a passarela de pedras — eu sequer supunha que existia tal tipo de construção — rumo ao núcleo de cavernas, e me animei com as antas estacionadas à beira de um córrego de águas límpidas, e com os bugios, em bando, rápidos e ruidosos, que nos seguiram, pulando pela copa das árvores. Mas não foi nessa ordem; logo que demos os primeiros passos, a monitora — eu sabia que uma guia do santuário nos acompanharia, ela exibia um dos dentes incisivos, superior, quebrado, me lembrando que sempre falta uma lasca entre o que poderia ser e o que é —, sim, a monitora se pôs a falar em voz alta, obrigando-nos assim a ouvi-la, e chamou atenção para as bromélias, de variadas espécies, e para as orquídeas mais comuns, como as chuvas-de-ouro. Meus olhos foram se enriquecendo, minuto a minuto, de umas surpresas verdes, cuja exuberância humilhava o meu conhecimento de plantas, restrito aos vasos de antúrios e aos xaxins de avenca suspensos na varanda de casa, e não que minha mãe descuidasse deles, mas, ali, estávamos num cinturão tão esplêndido de Mata Atlântica que alargava o meu olhar de paisagens novas, então confinado a um imaginário ínfimo, se comparado àquele imenso e selvagem lote de natureza. Antes da visita ao santuário, eu desenhara mentalmente cenas dentro das cavernas, passando por salões magníficos que vira em fotos, a contemplar lenta e apaixonadamente as formações rochosas, as estalactites em forma de botão gotejando, e o que se abriu para mim, ainda que pudesse coincidir com o meu pensamento prévio, foi algo não apenas maior, mas diferente, a verdade se impondo à sua maneira, com o som do chape-chape dos nossos passos no solo molhado, as palavras de admiração saltando de um para o outro, as belezas não só se revelando, aos poucos, como imagens nítidas no papel fotográfico, mas nos assombrando pelo seu imprevisto: de súbito, à nossa frente, um mirante à contraluz, os espetaculares pórticos gêmeos, o comprido cordão de cabo de aço estendido para nos proteger do abismo. Embora pressentisse que viveria uma experiência única, senti, ao fim do passeio — depois de peregrinar por outras áreas do santuário, cachoeiras, trilhas e sítios arqueológicos —, a comoção de quem entra num mundo espantoso, e, mais, num chão em que a cada instante somos desnorteados pelo imprevisível, de modo que nenhuma cena (tampouco um fato, mesmo mínimo) corresponde, ainda com o aceitável desvio padrão e o imperfeito encaixe, àquela que, por conjectura ou suspeita, intuímos.

Se aquelas palavras, *As coisas nunca são como a gente pensa*, reacendiam — brasas mudas — as chamas do meu entendimento, quando algo se delineava ao contrário do que eu presumia, atingiram labaredas fortuitas no ano em que passei no vestibular, me mudei para a capital e caí na corrente sanguínea da juventude, cujos movimentos eram mais silenciosos do que os da geração anterior. Presumi que moraria numa república, com outras estudantes, e seguiria solitária, fiel às minhas raízes interioranas, recolhendo-me, satisfeita, em meus salões íntimos, fechados aos aventureiros; mas só consegui vaga numa pensão mista, onde, se não encontrei uma amiga para toda a vida, criei laços fortes, como cordas, com duas ou três moças da minha idade. Julgava que ninguém se interessaria por uma garota introvertida, quieta, sem atrativos físicos, mas conheci um rapaz que me arrancou dos meus desfiladeiros e me fez conhecer os seus próprios, mais sombrios, tanto que a minha fé de viver em harmonia com alguém de outras terras, de águas turvas e de hábitos estranhos, quase despencou numa descrença irreversível. Receosa de ficar fora de mim, e, por isso, avessa à fumaça dos cigarros e aos vapores do álcool, pouco a pouco, me vi experimentando baseados e exagerando nas doses de cuba-libre, negroni, gim-tônica — o tempo, com uma rédea, e eu, com outra, me impunha uma biografia que eu jamais presumira, e, o mais grave, eu mesma consentia. Com o diploma na mão, calculava que atravessaria uma via-crúcis profissional, começando a estagiar numa pequena empresa e, se tivesse sorte e competência, depois de uma década, talvez conseguisse um emprego razoável (o que seria um feito valoroso para mim); mas, contradizendo a matemática da humildade, me vi, após cinco anos, no fundo de uma sala de coordenadora-geral, comandando uma equipe de pesquisadores. Não que eu idealizasse o futuro, como se meu imaginário desejasse que acontecesse isso ou aquilo, tampouco que minha mente se pusesse num estado de voltagem premonitória, laçando lá adiante o que iria inapelavelmente suceder — o destino já fizera o seu arranjo, os múltiplos fatores em ação tinham se alinhado por uma atitude minha, um equívoco de alguém, uma tempestade fora de estação, provando que não havia como ajustar o real ao meu ideal.

Da última vez que as palavras de minha mãe me vieram à memória, quase me derrubando, como uma brusca ventania, *As coisas nunca são como a gente pensa*, foi quando ela tropeçou no pavimento liso da calçada, perto do portão de casa, e fraturou o fêmur. Ao ser informada da sua queda, um clarão relampejou no meu espírito, desvelando o horizonte que seriam para nós os meses seguintes, e aí tive a antecipada consciência de alguns fatos em pedra bruta (a serem polidos pela progressão de nossas próprias atitudes), cujos detalhes foram, com o fluxo cotidiano, perdendo arestas e galvanizando detalhes improváveis até para os clarividentes: considerei os preparativos de sua operação, estimei o tamanho da placa de platina e a quantidade de parafusos, rascunhei o rosto do cirurgião, computei o longo processo de restabelecimento, a necessidade de contratar duas cuidadoras (uma para o turno do dia, outra para o da noite), as sessões de fisioterapia pelas quais ela passaria primeiro com o andador, depois com a bengala, e outras providências, que, como o tempo legitimou, às vezes se afastaram, às vezes se aproximaram (mas nunca se igualaram) às minhas suposições. No período final, os passos da sua reabilitação se sucederam à revelia das minhas hipóteses, o nosso convívio foi diferente de tudo o que eu projetara, mas o que me espantou foi o prazer dela (e o meu também) pelos enredos dos romances que, a pedido seu, passei a ler todas as noites, à luz do abajur da sala, nós duas voltadas para a janela aberta, pela qual o verão se espraiava no céu escuro, alfinetado de estrelas como poros cintilantes, letras miúdas que iam se combinando para formar a nossa história. Claro, eu não poderia jamais roçar, com a limitação das minhas sinapses, a compleição do porvir que ia se acenando e, paulatinamente, se consolidando, as variáveis eram (e continuam sendo) tantas, e incontroláveis, seria uma tarefa para além das forças humanas calcular e, depois, gerenciar, uma a uma, e todas, sob a lógica de suas inconstantes mudanças: quem iria supor que uma das cuidadoras — de gestos mansos e calma materializada em pessoa — furtaria meus brincos de pérola negra e meu anel de ouro? Eu até desconfiava que, por ser idosa, a recuperação de minha mãe seria lenta, mas não que o estágio da sua osteoporose exigiria doses de cálcio, vitamina D e reposição hormonal; e, muito menos, que aquela fratura do fêmur haveria de impor uma sobrecarga a seu corpo e resultaria, inevitavelmente, na redução de vários anos de sua vida. Por outro lado, como antever ou adivinhar que, em meio a esse quadro, nós duas iríamos nos divertir, coisa que sempre nos faltara, e desfrutar de uns instantes flutuantes, sem o peso dos aborrecimentos, ela contando casos familiares engraçados — o sábado em que, julgando-se vestida para sair à rua, foi de camisola à padaria; a tarde em que a tia Marcela adoçou o café com sal e as visitas, ao provarem o primeiro gole, cuspiram, resmungando e rindo em coro —, como supor que, naqueles meses, a sua casa seria uma espécie de gruta para ambas, onde as nossas sombras acolheriam com gratidão o sol cálido das manhãs, e onde os nossos afetos ganhariam, como pinturas rupestres, formas concretas nas minhas recordações?

As coisas nunca são como a gente pensa. Sei, hoje, que isso não vale só para o agora em relação aos eventos vindouros, senão para qualquer instante da minha existência que se movimenta, inversamente, em direção ao passado: tento me lembrar dela, dos seus últimos sorrisos, de uns trechos da vida que percorremos juntas, de episódios que protagonizamos no pavilhão dos amores menores do mundo, e tenho, nas dobras das entranhas, uma certeza: as cenas que evoco não logram se igualar às vividas, a realidade (de dentro e de fora das cavernas) jamais vai coincidir com elas. A imaginação, a evolar na mente, ou a se cristalizar em palavras, como nestas linhas, não passa de um esforço (vão) de nos ajustarmos, ao máximo, à invariável verdade que nos atravessa.

O peso de tudo

Crescer dói, crescer pesa. Desde menina, ela ouviu essa verdade, e depois a sentiu no corpo inteiro, e ainda sente lá nas suas profundezas, e, quando essa verdade saiu da condição de frase e desabou no seu ser, ela compreendeu que as raízes, por serem tão fortes, ficam debaixo da terra, que a dor às vezes é tanta que adormece a consciência e seu efeito desaparece, ao menos momentaneamente, e que um sonho pode nos paralisar pela carga que carrega de realidade. Crescer dói, crescer pesa.

Completara sete anos, trinta quilos, quando percebeu que a mochila, tão pesada de livros, curvava sua coluna, era tempo de sair de seu quarto solitário e iniciar a vida escolar numa sala cheia de outras crianças, o pão com queijo pesava cinquenta gramas, as pernas doíam depois de correr tanto no pátio, a mão direita latejava pelas numerosas tentativas de escrever as suas primeiras palavras com capricho.

Crescer dói, crescer pesa. E ela crescia, como uma menina cresce diante daqueles que estão próximos, quase sem que percebam, porque ninguém nota o fato se dando, senão já dado, é raro perceber o peso, ou a leveza, do instante, no próprio instante, é da natureza humana a percepção atrasada do fato, os dois pratos da balança, o que é e o que deveria ser não coincidem nunca, exceto quando um só peso é capaz de conter as duas medidas. E ela crescia, os peitos irromperam em cone, oitenta gramas cada um, assim como o desejo de ser moça, de poder, com a carteira de identidade, apenas cinco gramas, assistir aos filmes adultos no cinema.

Ela crescia e, crescida, escolheu a faculdade que sonhava cursar, e lá encontrou aquele que seria o seu primeiro amor, aquele que lhe poria às costas uns quilos de mudanças, desde as necessárias para continuar crescendo, até as supérfluas que, no entanto, também esculpiram traços de seu ser mulher. Ela crescia, e a vida com ele, seu amor inaugural, cresceu tanto que acabou por explodir como um balão, deixando uma parte com ela e outra com ele, que então foi estudar em outro país, e a dor ficou entre os dois, embora tenham sobrado nas mãos dela dois gramas, correspondentes à carta de despedida que ele deixou. Ela crescia, e, crescida, conheceu outros amores, com quem, às vezes, dividia dez gramas de erva, uma garrafa de vinho tinto, o peso dos relacionamentos efêmeros, capaz, a qualquer hora, de emagrecer ou de engordar seus anseios. Ela crescia, e, crescida, o destino, sentindo-a menos verde para vivências mais intensas e dores menos evitáveis, fazia seus sonhos se expandirem, e ela amadurecia, ela fulgurava com as novas aprendizagens como o sol do seu país tropical.

Ela crescia e, crescida, sua aura cintilava nas baladas, sua sensibilidade artística ganhava robustez no campus universitário, o peso líquido das verdades felizes ia se solidificando, e ela, então, estava pronta para atravessar o umbral da maturidade, e encontrar não um novo amor, mas aquele primeiro amor, aquele que continuava aberto como uma ferida e precisava enfim dos cuidados que pedem as almas delicadas. Crescer dói, crescer pesa. E ela e ele, que também crescera, ela e ele, que também se enlevava com o inesperado do reencontro, estavam aptos para doerem menos, para não se separarem mais, para ajustarem a balança desequilibrada do ontem com as medidas justas do amanhã. Assim, decidiram desfazer os nós pessoais e criar os laços para uma vida a dois, naquele país frio onde ele se formara, entre os alvos fiordes, e para lá levaram apenas uma mala de vinte e cinco quilos cada um — e ela, também, alguns gramas de esperança.

Mas lá, naquela fria claridade, sem os dias solares de seu habitat, ela logo se sentiu esmagada diante das imensas geleiras, pesava demais em seus olhos a paisagem álgida e, mais ainda, sem falar o idioma daquela gente, sem entender a lógica daquele mundo invernal, a solidão foi se inflando nela, inflando como um fole, arrobas e mais arrobas em seu cotidiano de vazios, de silêncios, de angústias tão pétreas que ela não sabia como pulverizá-las. E ele, apesar de carinhoso, apesar de tentar fincá-la naquele solo estrangeiro, ele se esquecera de que certas flores jamais vicejarão em terras de sombras, enquanto nela o desalento crescia, crescia e doía, crescia e pesava, e pesava tanto que ela adoeceu — e a solução foi a caixinha de remédios, quinze gramas no total, com trinta comprimidos, um por noite. Mas crescer dói, crescer pesa, e crescia e doía nela uma sensação de levitar, de estar, desde que despertava, fora do ar; os talheres sopesavam como ferro fundido em suas mãos, seus pés pareciam presos às raízes submersas da inércia. E se era para doer mesmo, se era para aquele mundo estranho não crescer mais nos seus dias, se era para se livrar de toda a carga de viver ali, ela tomou os trinta comprimidos de uma só vez, quinze gramas no total, e mergulhou na noite mais noite da sua existência.

Mulher ao portão

Estou ao portão de casa, e ele está indo embora. Acena-me da rua como tantas outras vezes quando saía para trabalhar, e eu, menina, sorria ao vê-lo no carro, buzinando para mim — seu jeito ruidoso de se despedir.

Estou ao portão de casa, e ele está indo embora. Acena-me da rua, é um dia de trabalho, normal, nada de novo sobre a terra, e eu, adolescente, observo-o como um velho carvalho, cujos ramos se movem a chamar minha atenção para o vento — seu jeito farfalhante de se despedir.

Estou ao portão de casa, e ele está indo embora. Veio me visitar, eu, uma mulher. Visitar não é o verbo correto, não sei me valer das palavras como ele, melhor dizer que veio me ver, veio se trazer para mim, veio para ficar comigo uma hora, ele que está na minha vida desde sempre. Acena-me da rua, como um pescador que sai para o mar — seu jeito silencioso de se despedir.

Estou ao portão de casa, e ele está indo embora, e sempre que ele vai embora eu miro o seu rosto e me recordo que todo minuto, dos menores aos mais grandiosos, é um nunca mais. Todo minuto, de chegada ou partida, é um nunca mais. Por isso, eu também lhe aceno — é meu jeito (filha) de dar adeus a ele (pai).

A memória da família

Ela: livro vivo de registro. De toda a família. Fosse quem fosse, não importava o grau de parentesco, bastava procurá-la e perguntar, bisa, avó, mãe, mana, prima, amiga, quando foi, e como, e quem, e o quê; e, às vezes, nem era preciso; do assunto que de repente se apossava, ela agarrava a ponta da linha e desenovelava a página inteira. Não raro, se estendia rememorando o capítulo todo, como se fosse vital menos para si, e mais para os presentes, que não apenas tomassem conhecimento daquelas informações, mas as entranhassem na memória, como cicatrizes, a fim de que o livro não se apagasse (para sempre) na falta dela. Foi assim que os familiares, os mais próximos e os distantes, souberam, e quase todos esqueceram, que Martina tardara quase quinze horas no trabalho de parto de José, e a bolsa de Madalena estourara às duas horas da madrugada, e que, por conveniência do médico, Josué nascera de uma cesariana, e, naquela manhã, chovia na cidade, o que já não ocorrera com Marta, e que Tadeu veio ao mundo na mesma hora em que Neil Armstrong pisava no solo lunar, e Sílvia, filha da vizinha, Silvana, quase morrera asfixiada pelo próprio cordão umbilical enrolado no pescoço, e, no caso de Luísa, tiveram de usar o fórceps para retirar Luís, e Amanda pesava quatro quilos e seiscentos, e Tadeu mirradinho, três e quatrocentos, e Josué quase cinco, taludão, e o tamanho também variava, o maior de todos, Arturo, sessenta e quatro centímetros, e a menor, Clarinha, quarenta e dois, quase empatando com Luís, quarenta e três, e ele quem mamou mais tempo no peito, até os três anos, quando os dentes já feriam os mamilos da mãe, e José foi quem pegou primeiro a mamadeira, o leite de Martina estava secando, ele guloso desde menino, o primeiro também a comer papinha e, logo, a pedir comida sólida, já Tadeu sempre enjoado, pela alergia à lactose, e, mais tarde, ao glúten, igual ao pai. Ela, assim, do nada, à mesa do almoço, com um ou outro parente, ou com todos, o que era uma raridade, por conta de algum bisneto que se arrastava pela copa, abria seus registros, comentando que Josué começara a andar aos dez meses, e Amanda aos onze, e a preguiçosa da Clarinha só depois de fazer um ano, um ano e dois meses precisamente, ela se recordava bem, era feriado de Corpus Christi, e Josué emitiu a primeira palavra logo em seguida, e depois foi Tadeu, e Luís foi o último, vivia calado, vejam como o tempo desmente as impressões iniciais que temos em relação a uma pessoa, Luís agora advogado, perorando nos tribunais, ganhando respeito pela veemência de sua verve, e Amanda, desde bebê, já gostava de desenhar, e Martina de fazer bolo com areia da praia ou pão com massinhas coloridas, mas Marta só quando voltou daquela viagem a Machu Picchu foi que descobriu a vocação para estudar, e depois lecionar história antiga, e José também demorou, fez faculdade de engenharia, mas só se encontrou profissionalmente com mais de trinta, aquele negócio de marketing, que ela nunca entendeu direito. E se alguém caía, ela no mesmo instante listava as quedas e os machucados de cada um ao longo da vida, José despencara de uma mangueira e quebrara o braço esquerdo, Arturo lanhara o cotovelo numa cerca de espinhos, Arturo, noutra ocasião, o rosto inchado pelas picadas de abelha, Luís pisara descalço numa lata de sardinha enferrujada, tivera até de tomar vacina contra tétano, Luís esfolara os joelhos na quadra de cimento do colégio, Luís batera a cabeça nas pedras de um muro, três pontos no couro cabeludo, Luís perdera dois dentes da frente na briga com um

desconhecido numa boate, Luís quebrara duas cos-
telas num acidente com a moto, Josué cortara a mão
com a tesoura de jardinagem. Martina, ela recordava,
menstruara aos onze anos, Luísa uma semana antes
de completar onze, Marta e Madalena entre onze e
doze, Clarinha aos treze, Amanda idem. E os na-
moros, os noivados, os casamentos, os divórcios, ela
mantinha tudo, as datas, as circunstâncias e certos
detalhes, sob a guarda de sua memória, e talvez não
porque desejasse, mas porque nascera sob o signo da
retenção, do jugo da permanência (ainda que frágil),
talvez porque não fosse feita para o alívio do esquecimento, nem para o consolo da lembrança, mas, no
embate entre ambos, aprendera que o chamado e a
recorrência às recordações amorteciam a carga pesada (por vezes insuportável) do presente — já que no
presente a morte estava invariavelmente à espreita,
enquanto o passado a sustinha engavetada, como a
dor e o desespero que, um dia, haviam produzido.
Sim, lá atrás, no século anterior, sua mãe morrera
aos trinta e oito anos, seu pai aos sessenta e dois, o
irmão mais velho com incompletos setenta, o mais
novo seis meses atrás, com quarenta e dois, primo
Tarcísio na última Quarta-Feira de Cinzas, Dadinho
(Dadinho só para ela, sua esposa; Leonardo, para os
demais) tinha morrido tão cedo, cinquenta e seis,

e ela ia para mais de oitenta, oitenta e um, faltavam apenas duas semanas, e nem lhe ocorria que seu livro ficaria incompleto. Faltaria a informação derradeira: o ponto-final. Porque, na certa, nem os filhos, os netos e os bisnetos se lembrariam, exatamente, com quantos anos ela morreria e em que dia, mês e hora suas páginas teriam deixado de registrar, em definitivo, os novos acontecimentos na família.

Nós, coisas, sabemos

Queiramos ou não, nós, coisas desta casa, sabemos; e eu, espaço vazio que a constitui, graças aos cem metros quadrados entre o chão e o telhado, divididos por paredes de alvenaria, acrescento, coisas desta casa e também da vida, sabemos; sabemos o que vai acontecer; e eu, relógio, adianto em dizer, não por previsão de pitonisa, e sim porque, sendo o que somos, assistimos a tudo que se passa aqui e lá fora, somos igualmente vitimados pelo tempo, e eu próprio me somo a esse coro, não sou rápido nem lento, eu apenas sou, e vou me fazendo, enquanto o que já é, mas antes não era, vai se desfazendo à minha passagem, e eu mesmo me desfaço em meu fazer, o minuto que adiciono não tem mais efeito; então, sabemos todos; eu, por exemplo, se sou uma sala de estar bem decorada, é graças ao gosto da mulher que aqui reside; e eu, lustre de madeira, digo o mesmo, dependurado nesse ponto do teto, fui escolhido numa loja abarrotada de luminárias de cristal, e ela, com seu pendor para o simples, me trouxe para cá, na certa porque notou, na minha forma cilíndrica, o tronco da árvore do qual fatiaram várias auréolas; sim, sabemos; eu ao menos sei, pelos meus vidros que avistam o que se passa dentro e fora, quando as crianças da vizinhança vão sair à rua e brincar de queimada, não por algum dom inato às janelas, mas porque nada faço senão ser uma observadora, e, claro, manter-me muda, à escuta, de maneira que espicho os ouvidos e registro, ainda que lá longe, os passos da primeira que vai à casa ao lado chamar a segunda, e as duas em seguida vão ao sobrado da frente convidar outras, e suas vozes infantis se alternam, alegres, o riso de todas se faz antes de que se posicionem na calçada para o início do jogo; e, eu, igualmente, árvore da primavera, buganvília, plantada rente ao muro da casa, e nele me aderindo, como cerca viva, eu sei se vai chover, mesmo se não há nuvem no céu, sei se o vento chegará no fim da tarde; e, eu, pé de laranjeira, no fundo do quintal, digo o mesmo sobre as abelhas, sei quando virão, uma e outra, ou muitas; pois é, nós, coisas, sabemos de tantas verdades, verdades vindas e verdades findas, e repetimos em uníssono, não por uma fabulosa faculdade de prever, mas por atenção a tudo que nos rodeia; eu, sem alardear, papel de Bíblia que sou, sei que minhas páginas não vão mais se virar pelos dedos dela, a mulher que mora aqui; sabemos, é um predicado de nossa condição, que vidas ao redor vão igualmente se desfolhar, sabemos; eu que sou fiação elétrica e vivo escondida nos conduítes das paredes, sei se a energia, que faltou no bairro, com a queda de um poste, a explosão de um transformador, voltará em breve ou não, sei inclusive quanto essa mulher consome de luz mensalmente com as suas leituras noturnas; e eu, seu abajur, sei o quanto ela chora, mais do que o seu travesseiro ali, as histórias que ela lê, e as que ela relembra, certamente as próprias, ou partes daquelas que revivencia; de fato, eu, travesseiro, tenho de concordar com você, abajur, no fundo da minha espuma acolhi umas poucas lágrimas dela; mas nós, paredes, que temos ouvidos, quantas vezes não escutamos os soluços?; é o que eu, despertador, digo com meus ponteiros ruidosos, eu digo que sei quando ela vai acordar antes de o meu alarme tocar, ou se permanecerá deitada, se no ato não saltará da cama e da preguiça; sim, sabemos, sabemos; eu sei, logo que ela se põe em meu assento e se acomoda no meu encosto com um livro entre as mãos, quanto tempo ficará em mim, a sua cadeira preferida, e mesmo, eu sei, por um movimento mínimo dela, quando se erguerá para coar o café e depois voltar à leitura com sua xícara fumegante, ou para apanhar um copo d'água, eu sei; nós sabemos, não só a cadeira, se ela está cansada ou se a trama do livro não a está seduzindo, e se a sua cabeça penderá num cochilo, que às vezes evolui para uma soneca e, ainda que seja raro, a arraste até as raízes do sono, não importa se um sono silencioso ou agitado, com suspiros e roncos; sim, sabemos das lacunas que se alargam depois que ela recebe aqui um vizinho, um prestador de serviço, o homem que toca a campainha (eu, a própria, sei, pelo toque, quem é que me aciona) para verificar o medidor de água — ninguém vem lhe tomar o pulso, ou repousar a mão na testa e dizer se há febre, ninguém vem medir seu registro de tristeza —; sabemos o quanto essa casa se altera com a diarista, que aparece, semana sim semana não, às segundas, para tirar o nosso pó, varrer o assoalho, espanar os miasmas da nossa imobilidade, sabemos, nós, e o nosso saber é sincero; eu, escada que a conduzo até a soleira da porta, com meus poucos degraus, acostumados à incidência de passos falsos, eu digo que é um saber sem erro, desses que temos em nossa própria constituição de coisas a serviço das pessoas; sabemos, é um saber comprovado, inegável, que aquilo que vai acontecer está a caminho, cresce e se encorpa imperceptivelmente na camada do silêncio, no estrato mais secreto da existência, sabemos o que vai emergir da escuridão (ainda) não aparente no mundo concreto, de modo súbito, num jorro, para ser finalmente um fato incontestável; sim, sabemos, tanto nós aqui de dentro, móveis, quadros, tapetes, espelhos, bibelôs, utensílios de cozinha, roupas (não é porque estamos em gavetas que não percebemos o que se passa, o tempo, a voz dela, suas pernas e seus braços que se põem em nós, somos também testemunhas do pulsar da vida nesta casa); sim, sabemos tanto nós aqui de dentro, quanto nós do lado de fora; eu, o canteiro de roseira, e eu, a própria roseira, e eu, a relva que cresce depois da chuva (mesmo aparada pelo jardineiro a cada seis meses, guardo em minhas ramas tudo o que vejo), e eu também, o portão de ferro forjado em espirais, e nós dois, vasos decorativos, que ladeiam a varanda, sabemos; sabemos o que está saindo, silente, da arca das combinações possíveis para ser o que será, imutável, no plano da realidade; eu, arandela na parede, acima da porta, sei a que horas ela me acende à entrada da noite, por volta das seis horas, e me apaga antes dos primeiros albores da manhã, pois é, nós sabemos; e eu, porta, sobretudo, eu sei quando ela sai de casa e vai voltar, eu sei, nos meus veios, que ela, fechando-me agora, apesar de calma e distraída, não mais voltará; eu, que sou soleira, sinto pelos passos dela, leves, firmes ou trôpegos, se são passos só de uma escapada, ou de uma longa demora, eu sei, nós sabemos, mas ela não sabe; ela não sabe que não nos verá mais, nem nos tocará; nós, coisas, sabemos que, ao encaixar a chave em mim, fechadura, ela está partindo, partindo para sempre.

Bons vizinhos

O homem, na manhã seguinte à mudança para aquela casa, no subúrbio da cidade, saiu ao portão e, vendo a mulher à porta entreaberta do sobrado à sua frente, disse, *Bom dia*, e ela, mirando-o com os olhos turvos, disse, contrariada, *Bom dia*, e ele, percebendo na entonação dela uma ponta de antipatia, disse, *Sou o novo morador*, e ela, fazendo jus à impressão inicial dele, disse, *Percebi pelo barulho de ontem*, e ele, a fim de dirimir o incômodo (inevitável) que causara, disse, *Desculpe pelo transtorno*, ao que ela abriu um meio-sorriso e disse, *Igual à placa ali da prefeitura*, e ele, estranhando o comentário, disse, *Como?*, e então ela soltou a outra metade do sorriso e disse, *Desculpe pelo transtorno é o que está escrito na placa da prefeitura*, e antes que ele continuasse sem entender, completou, *Ali, naquela calçada em obras, que nunca terminam*, e ele, captando a ironia dela, mas para não terminar precocemente a conversa, disse, amigável, *Pois é, o serviço público e seus atrasos*, e ela o encarou, como a um estrangeiro, e disse, *Desserviço público, melhor dizendo*, e ele, para lhe dar razão diante dos descuidos da prefeitura, disse, *E aqueles sacos de lixo, quando vão recolher?*, e ela, numa sequência de frases, disse, *É apenas o lixo de ontem, vai virar uma montanha ao longo da semana, o caminhão passa só às sextas-feiras*, e ele, a ruminar aquela explicação, disse, *Não junta bicho, não?*, e ela, a mirá-lo de novo como um forasteiro, disse, *Bicho é o de menos, o duro é o mau cheiro*, e antes que ele fizesse outra pergunta, ela completou, *Fora o chorume que se espalha pela calçada, emporcalhando tudo*, ao que ele, predisposto a se manter fraterno, disse, *Então, além do desserviço público, temos também um desserviço sujo*, e ela, agora sentindo uma lasca de simpatia por ele, disse, *Pois é, mas ao menos desse acúmulo de lixo é fácil a gente desviar, o pior é a sujeira espalhada pelo bairro inteiro*, e ele disse, *Que sujeira?*, e ela, sem alterar o tom de voz, disse, *A merda dos cachorros, que ninguém recolhe*, e ele, para se fazer engraçado, perguntou, *Terei de caminhar surfando?*, e ela respondeu no ato, com visível satisfação, *Surfar? Não, o senhor terá de dançar balé, dar saltinhos pra lá e pra cá!*, e ele, instado por tal conselho, disse, *Nunca imaginei que imitaria o Baryshnikov*, e ela gostou desse adendo, espirituoso, tanto que seu corpo, impelido por uma força súbita, se voltou para o outro lado, onde avultava um prédio — que, no dia anterior, atribulado com a mudança, ele nem notara, mas, com a maciça claridade da manhã, revelava-se em ruínas —, e disse, *Daqui a pouco vai começar*, e ele, em seguida, perguntou, *Começar o quê?*, e ela, retrocedendo um passo, respondeu, *A música, o pessoal que vive ali põe o som no último volume*, e, fazendo uma pausa, emendou, *É barulho o domingo inteiro*, e ele, a imaginar que tipo de música era, disse, *E ninguém reclama?*, ao que ela respondeu, *A polícia vem de vez em quando, mas adianta?*, e arrematou, *A polícia é um desserviço tático móvel*, e, dessa vez, quem gostou foi ele, que exclamou quase num sussurro, para si mesmo, *Deus, onde eu vim parar!*, mas, como o silêncio ainda estava apresentando um ao outro, ela escutou o desabafo dele e disse, *Pois é, aqui moram dois tipos de gente: os ruidosos como tiros e os calados como alvos*, e ele, admirado com a inesperada metáfora, pensou se ambos não pertenciam à mesma categoria, ou se não existia uma terceira, *Gente como armas que fazem barulho, mas em seguida silenciam*, e, quando ia aventar essa hipótese, a música explodiu, abrupta, do fundo do prédio, e em volume tão alto que ele, assustado, deu um pulo, e ela riu, riu grande, riu contente e, antes de se meter no sobrado, gritou, *Acho que vamos nos dar bem*, e ele, sem escutar direito, berrou, *O quê?*, e ela, a plenos pulmões, repetiu, *Acho que vamos nos dar bem*, e, então, ele entendeu, correu para casa e gritou, *Também acho*, mas ela não ouviu.

Prensada

Foi sem querer, eu jamais faria de propósito, assim, para machucar alguém, muito menos uma criança, muito menos ela, minha filha, *Foi sem querer*, mas pouco adianta dizer, a dor dela não vai passar com a minha tristeza, nem com as minhas palavras quando aconteceu, ainda há pouco, pela manhã, quando íamos levá-la à escola, e pedi desculpas com tanta sinceridade no meu desespero, que a mãe ao volante do carro percebeu, tanto quanto ela, surpresa pela dor inesperada, justo no instante em que se sentia feliz, sentada no meu colo, porque não havia espaço para nós dois no banco de trás, abarrotado de caixas de livros que havíamos separado para doar, eu tinha de consolá-la e me manter calmo e não me culpar, foi sem querer, e, nessas horas, a gente diz o que diz todo mundo, *Foi sem querer, me desculpe, está doendo?, Deixa eu ver, já vai passar, deixe eu soprar, Foi sem querer*, e ela, já chorando, *Está doendo muito*, e o que a gente faz?, não há como amenizar a marca na carne macerada, tampouco frear o efeito danoso do susto, *Foi sem querer*, mas de que vale a desculpa, a certeza? Não vale para nada, nem para aliviar a minha indignação diante do poder dos fatos alheios ao meu desejo, nem para impedir o desenho do sangue pisado nos dedos dela, o hematoma que foi se formando, e, claro, eu tentei com um abraço consolá-la, como se um carinho fosse capaz de subverter o tempo e recolher as lágrimas dela, que molhavam nossa roupa, mas a ninguém foi dado o dom milagroso de apagar os atos que cometeu, mesmo sem intenção; a tinta da vida, uma vez escrita, não sai nunca mais, por isso a nossa pele é grossa, por isso as camadas da melancolia se sobrepõem às do contentamento, *Foi sem querer*, sim, no instante em que bati a porta, percebi que não fechara, que algo amortecera o impacto, e aí eu senti seu corpo estremecer, a mão de minha menina se apoiava na porta para se acomodar em meu colo, e, embora os dois dedos, prensados, fossem dela, a dor da aflição, da culpa, não do dolo, me esmagou a consciência, *Foi sem querer*, mas eu não deixo de me perguntar por que o mundo precisa nos repreender pela distração, por que o que fizemos sem querer é, ao contrário, o querer do sistema maior da vida que nos rege? Eu sei, o que acontece, ao sair do quadro das eventualidades, torna-se gravura permanente do destino, mas também o que não acontece obedece à mesma lei, o que não acontece tem força capaz de reter no nada a chance que, ávida, deseja saltar para condição do ser. Eu sei, *Foi sem querer*, mas ela chorava, ela naquele momento, à nossa revelia, se descriançou, naquele momento ela deve ter compreendido que, mesmo sem querer, a dor que provocamos não pode ser revertida, e estaremos sempre presos à sua cicatriz.

Hoje e hoje

ontem, ontem não é apenas o dia que terminou horas atrás, quando passou da meia-noite e eu estava dormindo, mas todo o antes desta manhã, o antes em semanas e meses, porque meu corpo calcula o tempo pela ausência dela aqui, nessa gleba de terra, onde ainda cultivo umas leiras de milho, o ontem é todo instante em que eu penso nela e minhas mãos não alcançam o seu rosto; mas hoje, hoje eu vou rastelar o gramado que dá acesso à porta da frente, hoje eu despejarei logo a ração no coxo para as nossas vaquinhas, e, em seguida, cuidarei de fumegar o veneno no canteiro de camomila; vou carpir só um talhão de lavoura de sorgo, apanhar sem demora umas mangas e laranjas, as mais bonitas que encontrar, e aí vou lavá-las e colocar naquele cesto bonito, sobre a toalha de crochê que há um ano está à espera dela; hoje eu não vou roçar, nem plantar, nem semear à tarde, não; à tarde, depois do almoço, eu vou estender a rede no alpendre e ficar de olho na ponta da estrada, é por lá, atravessando a alameda das quaresmeiras, que ela voltará (voltará, para partir novamente); hoje nada mudará o meu humor, mesmo se o temporal machucar as mudinhas de café, mesmo se o granizo fraturar algumas telhas, obrigando-me a dispor as panelas pelos cômodos a fim de aparar as goteiras, mesmo se o vento devastar o canteiro das ervas de tempero, viver, eu bem sei, causa danos muito maiores do que a chuva às plantas delicadas; hoje não amaldiçoarei os pernilongos se eu esquecer de fechar as janelas, borrifar o inseticida ou acender as velas de citronela antes de anoitecer, o que são picadas na pele quando o abscesso da saudade lateja sem parar?; hoje não vou blasfemar contra a natureza, se acontecer o que em tantas ocasiões aqui ocorre, eu deixar as folhas de louro para secar ao sol e chover de repente, e nada, nem o aparecimento anômalo de uma cascavel, no mato alto, perto das bananeiras, vai impedir a glória do que acontecerá — ela pisar mansamente neste solo, conhecido de seus passos, que nele deslizavam macios, quase voejantes, cicatrizando seus caminhos quando menina; hoje não me importarei se ela não estiver com disposição, depois da longa viagem, de contar muito, ou pouco, de tudo o que vivenciou nos meses entre o lá e o aqui — eu me habituei à calmaria das tardes, quando o silêncio é até mais quieto que de costume, eu sei que, apesar de ter histórias e mais histórias querendo vazar, os lábios às vezes seguem colados, e a ponta da língua passa sobre eles, sequiosa pelo seu mutismo; hoje não vou reduzir um milímetro da satisfação precedente que sinto, se ela, por outro lado, vier lotada de palavras e quiser soltá-las em jato, ou entrecortando-as com fatias de pausas — há sempre pássaros que, eufóricos, cantam sem parar nas árvores, confundindo meus ouvidos com seus trinados sobrepostos; hoje não vou me abater se ela, ao sair do carro, que veio dirigindo por tantos quilômetros, disser que está exausta e precisa descansar, abdicando do abraço que guardei em todo o meu corpo para lhe dar quando estacionasse à beira do jardim; hoje também não vou ligar se ela não perceber que ajeitei toda a casa para recebê-la, que botei ordem na sala e na cozinha, coisa que não consigo fazer no dia a dia, afogado nas tarefas lá de fora, sem força para me ancorar aqui dentro; hoje não vou me entristecer se ela não notar que esbanjei tempo (escasso diante das numerosas demandas deste sítio) para lavar e passar a colcha vermelha que repousa na cama dela, para fazer a limonada com hortelã de que ela gosta, para matar e cozinhar a galinha que vamos comer na janta; hoje não vou me aborrecer se ela não perceber quantas horas perdi para tirar a poeira que grudou no vidro das janelas, para fazer o arranjo de glicínias no vaso de seu quarto — eu, que observo sempre a mudança das plantas, nunca flagrei o exato instante em que o pendão do milho se alteia, estou sempre a um triz do desabrochar dos acontecimentos, apreendendo-os antes ou depois; mas hoje, hoje não, hoje eu estou sentindo uma rajada de contentamento me envolver, hoje ela vai chegar, minha filha, hoje eu deixarei a ausência secando no varal, deixarei a solidão quarando ao sol, hoje já estou me ensopando do presente, hoje não vou sofrer o dia pensando nela, hoje minha filha vai chegar, vou reencontrá-la no ventre do tempo, hoje vou me fartar de sua companhia, hoje vou acalmar em mim todo o vazio de ontem,

O que vamos falar

Fui a primeira a saber da morte dele. E, pensando bem, a quem mais a notícia se dirigiria, feito um alvo, senão a mim e a ela, a nossa filha? Éramos os únicos elos que restavam de sua travessia por esse mundo — onde, se ensinou, como professor, tanta gente a ler e escrever, acabou quase como um exilado do reino das palavras. Meses antes de morrer, o silêncio já se tornara seu último amor, só não mais forte que o amor por ela — cujo nascimento o levara, ele dizia, a um degrau da existência até então inalcançável —, com quem manteve um vínculo mais forte do que comigo.

Sim, havia um código entre os dois que eu não entendia, mas me alegrava saber que se comunicavam e se pressentiam por meio daquela linguagem particular, de pai e filha, como a que eu e ele, mulher e homem, até anos atrás tínhamos, unicamente nossa, intraduzível para qualquer outra pessoa — tanto quanto a que existia entre nós duas, um dialeto inerente às origens dela (nas profundezas do meu útero, de mãe). Mas o código que os regia era de outra natureza, porque pai e filha se nascem no fora do ventre, pai e filha nascem para si às vezes em tempos distintos, embora o pai de um lado, a filha do outro, e, no entanto, assim fundam um rio exclusivo deles, um rio que flui entre as margens que o limitam e o alargam, as margens que se misturam nas águas do convívio somente de ambos.

E porque ele não tinha outros parentes, e porque as pessoas conhecidas às vezes nos viam juntos e ainda nos reconheciam como um casal, eu me senti a viúva — de certa forma era — e tomei a iniciativa de cuidar do velório e do sepultamento de um homem que deixara de ser o meu havia anos, mas que fora o pai a vida inteira dela. Aliás, como única filha, ela inevitavelmente assumiria a responsabilidade de providenciar as exéquias, mas, quando a notícia aportou na semana passada, estava longe, viajara a trabalho para um país do Norte, e, então, coube a mim levar adiante o seu papel.

Estava longe, e não conseguiu chegar a tempo de acompanhar os ritos fúnebres e se despedir dele. Estava longe, mas agora está há uma hora daqui, na área de desembarque do aeroporto internacional da cidade. Estava longe, partiu para lá tendo pai, e agora estará de volta a casa, segurando a mala nova de sua condição de órfã.

Falamos há pouco pelo telefone, ela aguarda apenas a bagagem na esteira para pegar um táxi e vir para cá, a fim de que o seu vazio se encontre e se refugie no meu. Sinto que já está a caminho: como ímãs, apesar de distantes, as perdas se atraem.

Enquanto me deixo na poltrona da sala, à sua espera, lembro dela, menina, a se divertir com o pai nesse mesmo chão — o tapete aqui guarda, invisíveis, resíduos da história escrita pelos dois com o grafite da distração, quando não se percebe que o mundo, apesar de sua violência, pode ser amável por permitir a duas pessoas não apenas viverem, mas habitarem para sempre, com igual (e contido) contentamento, o mesmo instante — e o presente ganha a condição de ser presente de novo no tempo móvel da memória. Lembro dele a cuidar das frieiras dos pés dela, a contar pacientemente histórias para fazê-la dormir, sem ela saber que o pai ali, à cabeceira da cama, inventando seres mágicos, afastava de si, embora de forma provisória, a própria escuridão. Lembro da noite em que ele, ainda meu marido, sussurrou que, ao estar com ela, mesmo nas atividades mais banais (à mesa, por exemplo), nos momentos menores (ajudando a fazer a lição escolar), sentia ter alguma importância, sentia a vida operar em seus braços velhos com uma força misteriosa.

Lembro de outras situações nas quais os flagrei como duas linhas se entretecendo, formando uma colcha, o desenho deles legado ao mundo, o testemunho de uma dupla que, por se ajudar mutuamente, não naufragava.

Lembro tanto que cochilo. Mas, de súbito, desperto. Cochilo de novo, até que ouço o motor de um carro lá fora, quebrando a quietude da noite acolhedora.

O som da campainha, embora baixo, me assusta: bem sei que, depois dos desabamentos, o menor rumor ganha a potência de uma explosão. Claro, só pode ser ela. Vou sem pressa atender a porta, me doendo não só por mim, pelo homem que me fez mãe e que não estará jamais nos meus dias, mas sobretudo por ela, que o perdeu de um jeito só dos dois, maior que o meu.

Abro a porta e vejo a minha filha atravessando a varanda. Não é mais a mesma que saiu na semana passada para trabalhar num país do Norte. Não é mais porque agora é uma mulher sem pai, uma história que terá de se contar sem ele. Ela deixa a maleta no chão e vem me abraçar. Mas o meu ser não é capaz de acolhê-la. Meus braços são remendos que pendem junto a um tronco, um tronco sobre pernas sem energia para resistir em pé diante de uma vida que, anos atrás, saíra de dentro de mim.

Sem alternativa, nos enlaçamos, como duas vigas que se escoram uma na outra para que não caiam. Posso sentir o seu desamparo, que foi o meu também na semana passada, apesar das diferenças que ele, o pai dela, desenhou em nós. Posso sentir que o mundo segue sem o menor sentimento por nós duas, que agora, no curso da noite, se encontram para não se perder entre os próprios escombros. O motor da velha geladeira estronda e nos espanta, desfaz o nosso abraço. Vou em direção ao sofá e a chamo para se sentar ao meu lado. É o que temos, além da recíproca compaixão, e é o que pede o momento. Ela vem até mim, a minha filha, a filha de um pai morto. O que vamos falar, daqui em diante?

Daqui em diante, vamos falar sobre a última hora dele, o suspiro final. Vou narrar detalhes do velório, quase vazio, não porque amigos e conhecidos não tenham abarrotado a sala, mas porque ela, a filha, não estava lá para lhe dar adeus. Vou contar como foi o dia seguinte ao enterro e outras irrelevâncias para o mundo (mas não para nós), como se o meu dizer — em resposta às perguntas dela — pudesse deter a avalanche de tristeza que já desliza pelos seus ombros. Como se o silêncio entre as nossas palavras pudesse impedir que a extensão da dor não tome todo o seu corpo.

ESTA OBRA FOI COMPOSTA PELA ABREU'S SYSTEM EM ADOBE GARAMOND
E IMPRESSA EM OFSETE PELA GRÁFICA BARTIRA SOBRE PAPEL PÓLEN BOLD
DA SUZANO S.A. PARA A EDITORA SCHWARCZ EM MARÇO DE 2025

A marca FSC® é a garantia de que a madeira utilizada na fabricação do papel deste livro provém de florestas que foram gerenciadas de maneira ambientalmente correta, socialmente justa e economicamente viável, além de outras fontes de origem controlada.